Les Éditions du Boréal
4447, rue Saint-Denis
Montréal (Québec) H2J 2L2
www.editionsboreal.qc.ca

CHARLOTTE
BEFORE CHRIST

Charlotte before Christ, Boréal, 2012 ; coll. « Boréal compact », 2013.

Alexandre Soublière

CHARLOTTE BEFORE CHRIST

roman

Boréal

© Les Éditions du Boréal 2012 pour l'édition originale
© Les Éditions du Boréal 2013 pour la présente édition
Dépôt légal : 2ᵉ trimestre 2013
Bibliothèque et Archives nationales du Québec

Diffusion au Canada : Dimedia
Diffusion et distribution en Europe : Volumen

*Catalogage avant publication de Bibliothèque et Archives nationales du Québec
et Bibliothèque et Archives Canada*

Soublière, Alexandre, 1985-

    Charlotte before Christ

    (Boréal compact ; 257)

    Texte en français seulement.

    ISBN 978-2-7646-2252-0

    I. Titre.

PS8637.O85C42   2013   C843'.6   C2013-940418-X

PS9637.O85C42   2013

ISBN PAPIER 978-2-7646-2252-0

ISBN PDF 978-2-7646-3154-6

ISBN ePUB 978-2-7646-4154-5

Pour Boulie.
Je m'excuse de tout mon cœur.
BB — Entrée 199

Fête & effraction

Ah oui, je ne l'ai pas encore mentionné, mais on a pris possession d'une maison pour la fin de semaine. La mère de David travaille pour une agence de voyages dans une banlieue assez aisée. Ça nous permet de voler certaines informations. L'adresse des gens qui seront absents de leur piaule pendant quelques jours, les dates de départ et de retour. Évidemment, il y a du repérage à faire, mais ce n'est pas très compliqué. On se poste devant la demeure pendant la semaine et on prend des notes. On veut savoir qui vient flatter le chat, qui vient arroser les plantes, qui vient nourrir les poissons. Parfois, ce sont des vieillards qui viennent à pied ou des amis qui arrivent en voiture. On a déjà espionné un mec qui venait ramasser le courrier et qui, après, entrait pour fouiller dans le tiroir à sous-vêtements de la chambre rose de l'adolescente. Et c'était un voisin normal, pas l'air d'un pervers ni d'un colonel de l'armée canadienne. Peu importe qui s'en occupe, le but, c'est de découvrir la routine pour planifier notre week-end. L'autre point important de nos partys, c'est leur exclusivité. La raison s'explique d'elle-même : on n'a pas envie de se faire prendre. Une de mes meilleures qualités en tant qu'humain est mon élitisme. Pour être invité, vous devez connaître l'un d'entre nous personnellement. Mes amis m'appuient dans ma réflexion. Ils ont compris que les partys par effraction ne doivent pas trop faire de vagues. M'introduire dans la maison d'un inconnu pour quelques jours, boire son alcool, manger sa nourriture, pisser sur les divans, je veux bien, mais je ne tiens pas à avoir un dossier criminel. Il faut se faire discret. C'est la clé. Je m'imagine debout au poste comme un con avec mon dick in my hands. Mes parents seraient tellement déçus si la police devait les appeler. Je crois qu'ils ont vraiment une grande estime pour leur fils. Pas tant qu'ils pensent que je mérite un prix Nobel, mais plutôt du genre qu'ils aiment mieux m'imaginer en train de jouer aux échecs avec Paul les vendredis soir. Je les aime beaucoup. Ils sont juste naïfs. Peu importe, conclusion : strictement défendu d'amener des étrangers ici. À moins, bien sûr, comme dans un club, qu'il s'agisse de poules incroyablement poules. Là, on peut discuter. Pour le reste, la réponse est non. J'ai trop lu d'histoires à propos d'adolescents stupides qui auraient eu une chance de s'en tirer si ce n'était que l'un d'eux s'était ouvert la trappe pour se vanter. Et oui, *se vanter,* c'est bien le verbe qu'utilisent les journalistes. Quel imbécile vole un dépanneur avec un gun, décide de pousser un ami d'école en face d'un camion ou de servir du Kool-Aid empoisonné sans qu'il y ait aucun témoin pour ensuite se rendre en classe et s'en louanger ? Certainement pas moi. Certainement personne ici puisqu'on n'invite pas d'idiots dans nos partys. Je me souviens d'un film de Larry Clark qui traite de ce genre d'événement. Ça s'appelait *Bully.* Le film score 7/10 sur IMDb. J'ai préféré *Kids* de loin, mais ça reste intéressant. David et moi, on a toujours rêvé d'envoyer un coup de skate en pleine face d'un mec comme dans le segment de la bataille au parc. Je me ferais Chloë Sevigny pré-1999 n'importe quand. Le petit ton moralisateur à propos du sida finit par énerver, mais le feature reste bon. J'avais onze ans quand je l'ai vu pour la première fois et ça m'a rendu parano. Après, pendant deux semaines, je voulais aller passer des tests de dépistage même si j'étais vierge — de plotte, de cul, de seringue et de transfusion sanguine de la Croix-Rouge canadienne pré-1985.

J'espère que Charlotte comprend mon regard. Je sais qu'elle comprend. Le brouillage communicatif entre nous relève purement de son manque de volonté. Têtue comme une mule. Têtue comme un âne ? Je n'arrive pas à me souvenir de l'expression exacte. Entêtée comme un mélange des deux, tiens.

Definitely Maybe, le premier album d'Oasis, grince à travers l'immense système de son dans le salon. L'album de 1994 fait mal. À me fier au style de décoration autour de moi, je doute que la machine ait déjà connu des guitares aussi arrogantes. Charlotte, Charlotte, regarde-moi ! Je veux conquérir la chambre des maîtres avec toi. J'ai un problème. Je ne veux pas me faire piquer le lit queen, mais je ne peux pas mettre shotgun dessus, sinon je vais avoir l'air du gars qui est venu au party juste pour fourrer sa blonde en haut. Ça ferait un peu trop secondaire 2 à mon goût.

La scène se filme donc ainsi : David, comateux sur le sofa qui regarde le plafond, les pieds sur ma blonde, elle assise au bout. Tous les autres sont éparpillés dans la pièce. Cette fois-ci, on a vraiment défoncé un château. Les planchers sont reluisants et attendent que quelqu'un y étale son vomi à la grandeur. Les meubles sont tout droit sortis d'un agencement préfabriqué IKEA. Ça me fait penser à la décoration chez David. Dans chaque pièce, il y a ces petits bidules éjaculateurs de parfum qui, toutes les trente minutes, expulsent une semence de fraîcheur et propreté. *Fraîcheur & Propreté*, c'est vraiment ce qui est écrit sur la canette.

Il y a Paul, mon ami, toujours hautain, le menton légèrement relevé. Il regarde autour en buvant sa bière. Il fait le félin qui cherche une proie. Sa proie préférée, c'est la merde. Dans le fond, c'est un félin-mouche. Un chat-mouchoir-merdeux. Olivier est là aussi et rôde en face de la télévision accrochée au mur. Il passe son index sur le côté de l'écran comme un détective à la recherche d'une empreinte quelconque. Le cuir du La-Z-Boy crie sous les fesses de Paul :

— La maison est sick, mais la télé c'est d'la marde.

Paul ne s'occupe jamais de ses blondes. Il aime les couples bidon. Ça semble toujours bien marcher pour lui. Moi, ses relations me donnent parfois une mini envie de dégueuler. C'est vrai, je dois popper des Listerine toutes les cinq minutes pour tuer le goût de vomi dans ma bouche. C'est toujours si fade. Il ne se passe jamais rien. Moi, j'ai besoin d'une fille que je ne peux pas avoir, qui m'haït, que j'aime, qui m'aime, que j'haïs. Je veux ma Chloë Sevigny dans *Gummo*. Je suis Roméo & Juliette. C'est impossible ? Je le veux. Enfant-roi, moi ? Fuck you.

Olivier et Paul discutent à propos de la télévision. J'essaie de les faire changer de sujet.

— D'abord, si j'peux plus parler de la flat screen, je vais amener un autre débat, Paul dit.

— Vu qu'on reste dans le domaine du débat, mettons, han, Paul! je continue.

— Exactement, Sacha. Donc, j'aimerais savoir, entre un vrai shaft pis un vibrateur là, c'est quoi les pour pis les contre?

Et les yeux de Charlotte s'ouvrent. Ça fait une heure que je cherche son attention et Paul, lui, la gagne en une seconde.

Charlotte adore ce genre de discussion. Pas tant parce qu'elle aime parler de sexe que parce qu'elle sait très bien qu'elle obtient l'ultime attention des gars d'un seul coup. La voilà partie:

— Ben, un vrai batte, c'est nice parce que t'as le gars d'attaché après, t'sais. Mais côté vibration, il y a rien qui bat un petit lapin.

David se réveille et dit à Charlotte:

— Ça paraît que t'as jamais essayé le mien.

— T'as un petit lapin, toi aussi, Dave? lance Oli.

Tout le monde rit pendant que David semble avoir le vertige:

— Quoi? il dit avec les cheveux emmêlés.

Son regard est vide.

— Heille, Dave, commence donc par enlever tes criss de pieds d'sur ma blonde, puis après ça, tu feras tes petites jokes de gars gelé drôle, O.K.? je dis.

— C'est correct, Sacha, il comprend plus rien là. Laisse-le faire, Oli répond.

Et la conversation sexuelle reprend de plus belle. Il en faut toujours une par fin de semaine. En parler c'est bien, mais avant, le but premier de ces entretiens était d'amener le sujet tranquillement et de finir la soirée en orgie majeure partout dans la maison inconnue. Les élans de Caligula ont cessé depuis que Paul et moi entretenons des relations plus stables avec des filles pas trop connes. David et Oli sont trop randoms pour trouver des nouvelles recrues. Les temps sont plus softs qu'avant.

Marie et Charlotte ricanent tout en racontant leurs histoires intimes. Pour ma part, je commence à être trop étourdi pour même y penser. Je vois, ou plutôt imagine, ou je ne sais plus trop, des petites gerboises qui se mettent à sauter partout autour de moi. Il y avait un cadre avec des animaux poilus à l'entrée, ça s'est sûrement incrusté dans mon inconscient. Je suis seul à les voir. Ce n'est pas dans l'inconscient collectif (name-drop : Carl Gustav Jung). Inondation de bibittes. On dirait des minilapins effilés. Ou des minipatins à flatter. J'ai mis du LSD dans nos drinks. Cha m'a déjà avoué qu'elle aime faire l'amour sur un trip d'acide. Je n'ai jamais trop été attiré par les hallucinogènes, mais je ne voulais pas avoir l'air d'un kid devant elle. J'ai toujours fait semblant que j'y étais habitué, et c'est vrai, à bien y penser, ma mère m'en crissait dans mon biberon à deux ans. LSD ? Shrooms ? Bring it on ! Je déteste ne pas être aussi tough que Charlotte. Il n'y a rien de moins révolutionnaire que la drogue, mais je n'arrive pas à l'en convaincre. Et si elle a déjà déclaré qu'elle aime « baiser quand les deux parties impliquées sont sur l'acide », c'est qu'elle l'a essayé. Ça me rend jaloux. Je veux le faire pour chasser le souvenir de l'autre dude de son cerveau. Je veux me réapproprier sa mémoire pour l'avenir. Je suis un braconnier théâtral. Je veux recréer toutes les expériences de Charlotte pour pouvoir en faire partie. Ça m'obsède depuis que je la connais. Je dois me prouver meilleur que les autres.

David est dégueu-endormi parce qu'il a ingéré du Dilaudid en bonne quantité. Les narcotiques rendent figueux-fourmi. Paul a apporté un reste de Macallan et la table à café au milieu du salon est organisée avec quelques lignes toutes bien arrangées. Le meuble sert mieux en tant que buffet all you can snort que pour supporter des livres qui n'intéressent personne. La cocaïne a remplacé le grand livre à couverture rigide intitulé *Les Paysages du Québec par nos peintres favoris,* qui, lui, a trouvé sa place à la poubelle.

Paul desserre sa cravate (Michael-Douglas-Gordon-Gekko-wannabe-motherfucker) en parlant :

— Marie m'a avoué, l'autre jour, avoir couché avec deux gars en même temps quand elle avait seize ans…

Je profite du rire mal à l'aise de Marie pour me lever et aller fouiller dans le congélateur de la cuisine. J'entends son rire et sa voix high pitch répliquer au loin :

— Ta yeule ! Criss que t'es con ! Voir que tu leur dis ça ! Veux-tu que j'en raconte, moi, des affaires sur toi ? Marie dit.

— Comme quoi ? T'as rien d'outrageous à mon sujet ! Paul se défend.

— Ah ouin ? Puis le fait que je t'ai déjà vu lécher ta propre dèche, c'est-tu outrageux, ça ?

— Ben là ! Rapport ! Raconte le reste au moins ! Dis-leur que c'est toi qui me l'as demandé parce que ça t'allumait !

La cuisine est scintillante de stainless et je me sens comme dans un bloc opératoire. Mes genoux élancent. Je suis resté assis trop longtemps. Le congélateur est surtout rempli de viande M&M, de muffins et bagels de toutes les sortes. Blé entier. Raisins et cannelle. Bleuets. Sésame. Pavot. Oignon et fromage. Ordinaire — j'en passe. Il manque juste une kippa gelée. J'imagine la famille se lever tous les jours, chacun sa sorte de bagel à Program defrost pendant que la cafetière réglée à 6 h 30 commence à embuer l'air de ses notes de mélange maison 150 % équitable. Et 6 h 30, je suis généreux. On sait à qui l'avenir appartient, han ? Nœud papillon, uniforme et cheveux peignés vers l'arrière. Paul s'habille un peu comme ça. Genre Chuck Bass dans *Gossip Girl*. Upper East Side, Outremont, Terrebonne, toute la shit. Je ne sais pas si le père de Paul est plus riche que le mien. Son paternel est juge à la Cour d'appel. Il a investi, il y a quelques années, dans un bistro très 450 qui est toujours full depuis. Mon père, moi, est biologiste. Il est à la tête d'une compagnie de produits quelconques.

Dans un coin du congélateur, je trouve une bouteille de Grey Goose encore pleine et je l'apporte au salon, au grand plaisir de mes collègues de débauche. Je m'efforce de parler avec des phrases courtes. Je veux être certain de ne pas perdre mes idées. Je saisis maintenant toutes les fois où David, dans un party, m'a abordé comme un vieux criss d'Alzheimer pour me demander si j'avais vu son cell. Il a essayé toutes les drogues possibles. Pour ma part, mon intelligence est mon unique qualité et je n'aime pas la laisser aller.

— Yo, Sacha! Did you hear what your girlfriend told us?

Olivier a des parents anglophones qui ont déménagé au Québec lorsqu'il était jeune. Il préfère parler anglais. Plus il boit, plus il est anglo-saxon. Sa mère s'appelle Lindsay, mais prononcé comme du monde. Le genre de femme qui utilise l'expression *pardon my French*.

— No but I found you guys some vodka… Puis je pense que je vais partir à l'exploration du deuxième étage, je réponds.

— Sacha? Veux-tu aller dehors, j'ai besoin de prendre l'air, me demande David qui a encore les pieds sur Charlotte.

— J'veux y aller aussi! Charlotte dit.

On sort comme des enfants à la récréation par la porte arrière dans la cuisine qui donne sur la terrasse. Les voisins ne peuvent pas nous voir et nous dénoncer parce qu'il n'y a tout simplement pas de voisins. Le terrain est beaucoup trop vaste et rempli d'arbres pour que quelqu'un nous aperçoive. Charlotte s'assoit au bord de la piscine creusée pour se tremper les pieds. David s'étend sur le dos et s'allume une cigarette pendant que je m'installe en Indien, encore comme un enfant à la maternelle. Je regarde le jardin de fleurs. David commence:

— Charlotte, as-tu envie de te baigner toute nue?

— Eh ben, j'y pense, là!

— Heille, gang? Il y a des chauves-souris, je dis.

— Ta yeule, Sach.

Charlotte me regarde et prend une voix d'enfant:

— Pauvre chat! Tu *hallucinais*.

— J'*hallucinais* pas, bébé, j'en *voyais* présentement! *Regardais*!

— Pôôôôvre chat. Tu *faisais* pitié.

— Ark, vous faites encore ça? Dave dit.

— On *faisait* encore quoi? je demande.

— Parler avec l'imparfait comme temps de verbe au lieu du présent.

— On *avait* jamais arrêté. L'imparfait, c'est ben plusse cool! Charlotte répond.

Il y a une pause. Comme si on se mettait à réfléchir. Comme si on se mettait à vivre notre buzz seuls pour un instant.

— Heille! Avez-vous vu aux nouvelles tantôt? je demande.

— L'affaire à Ottawa? David dit.

— Oui, il y a un dude, là, un Paki ou je sais pas trop, qui s'est fait exploser dans le marché By. Il a tué quelques personnes. Le bulletin était l'fun à checker, il y avait des images de l'explosion.

— Puis quand on voit le vidéo, t'sais, il avait l'air tellement louche, le gars, avant de se faire sauter. Je me dis, si j'avais été policier, je lui aurais crissé une balle dans la tête, ç'aurait pas été long! Comme l'osti de Brésilien à

18

Londres qui voulait pas s'arrêter dans le métro v'là quelques années, David répond.

— Mais, Dave, on peut pas tirer tout le monde qui a l'air louche là, ç'a pas rapport, Charlotte ajoute.

— Ouin, ça ferait longtemps que tu serais shot dead, toi ! Mais t'sais, c'est n'importe quoi. J'veux dire, est-ce que ça fait vraiment peur à quelqu'un ? je questionne.

— Moi, j'm'en crisse un peu de tout ça, Charlotte déclare.

— Ça me surprend pas, Cha, mais écoute, t'sais, une bombe, ç'a pas de portée. Ça attaque le monde dehors, c'est rien ! Imagine un attentat qui irait te tuer dans le confort de ta maison.

— Je te suis, man ! Une petite bombe relax d'attentat suicide, ç'a pas un gros range. Imagine si les terroristes commençaient à mettre de la marde dans une une usine de Coca-Cola, puis on aurait peur d'en boire tout d'un coup. Ça serait du grand terrorisme ! David répond.

— Ou tu trouves la technologie pour faire surcharger le câble de ceux qui écoutent *Tout le monde en parle* le dimanche soir, pis leur télé leur pète dans la face. (Charlotte rit.)

— Crissement ! je réponds.

— Man, si j'étais invité à cette émission-là, drette live au moment où ils boivent du vin, je me crisserais deux doigts dans le fond d'la gorge pour le vomir sur la foule, David termine.

Je ris.

— Eeeee, premièrement *Tout le monde en parle*,

c'est pas tapé live. Deuxièmement, pourquoi ils voudraient t'inviter, TOI, sur l'émission ? je demande.

— Je sais pas, là, pour discuter de ma domination du monde, genre, David répond.

— Ouin… Je sais pas. Tant qu'à parler de ça, va sur Larry King ou Letterman, laisse faire les shows québécois minables.

Je prends une pause et regarde le ciel pendant que David continue à déblatérer sur son New World Order. Charlotte et moi échangeons un regard de *ce-gars-ne-fait-pas-de-sens*. Elle est belle. Toute maquillée pour l'occasion avec du eyeliner noir épais qui lui donne l'air gothique. C'est sex. Elle est la *Lua* de la chanson de Bright Eyes. Ses pieds pédalent l'eau doucement comme un amas de petits nuages. Elle est accotée sur ses deux mains, le corps incliné vers l'arrière. Ça donne l'occasion de bien voir la démarcation de ses seins. La fraîcheur de la piscine fait éclore une chair de poule sur ses cuisses qui me fait oublier les souris chauves pour un instant. La brise prouve qu'elle ne porte pas de brassière. Je regarde sa jupe et me l'imagine avec rien en dessous. David jette son botch dans la piscine.

— Il y a des animaux bizarres dans le jardin. Moi, je rentre.

En me levant, j'offre un regard à Charlotte. Elle me répond avec un sourire de chienne. Je n'aime pas la laisser seule avec David, ce n'est pas un bon mélange de personnalités. Avant de rentrer, je fixe Dave et me demande comment il réagirait si je lui donnais, de toutes mes forces, un coup de talon sur le nez. Il serait sûrement furieux. Charlotte penserait que je suis fou. Ou qui sait, peut-être qu'elle m'aimerait encore plus. Je suis Ulysse. J'ai chassé les prétendants de la demeure conjugale. Pas le Ulysse de James Joyce, mais bien le roi d'Ithaque. C'est romantique de m'imaginer qu'une personne pourrait m'attendre toute sa vie et penserait sans cesse à moi. Pas le Ulysse de *L'Iliade* qui chill avec ses chums à la guerre. Pas celui qui passe le puck à Achille avec Agamemnon en arrière du banc. Je veux être le cow-boy de *L'Odyssée*. En équipe avec moi-même. Torturé, troublé, blessé, mais avec une maison qui tient encore debout. Pas de Lafleur, de Ménélas ou de Richard. Solitaire. À la quête d'un chez-moi crissement loin, mais qui existe. Je veux une Pénélope qui m'attend. Pour toujours. Je retourne à l'intérieur.

Je me demande si la scène est réelle. Après avoir récupéré le iPod dans mon sac, je monte vers la chambre des maîtres. Les escaliers sont en bois — possiblement du cerisier. Je marche avec précaution pour ne pas m'enfarger, comme si j'étais un poméranien et que ma vie en dépendait. Un minichien con *chou-pitou-bébé-à-maman* qui était un loup avant que les humains le croisent et le recroisent pour en faire un monstre. Derrière moi, j'entends Charlotte et David qui rentrent aussi et retournent au salon. Je vais mieux dormir maintenant qu'ils ne sont plus seuls dehors. Je suis si fatigué. Anémie microcytaire, alcool, stress, LSD. Je titube dans le corridor jusqu'à ce qui doit être la chambre des parents. C'est la seule avec une salle de bain annexée. Il y a aussi une télévision HD au mur et un autre système de son qui semble être de bonne qualité. En fait, je ne me fie qu'à son design et à sa couleur pour avancer l'affaire de la qualité. Les speakers sont blancs. Je juge les stéréos de manière KKK. Je ne suis pas certain si le plancher de la chambre est toujours fait de cerisier ou bien d'érable. J'hésite. J'étais pourtant certain de connaître mon bois franc. Ma mère en a magasiné une criss de shot quand j'étais jeune. Mes articulations me font souffrir. J'ai mal au ventre. J'ai peut-être attrapé un virus. Une méningite du ventre ou une ostéoporose intestinale. On s'est passé les bouteilles d'une bouche à l'autre toute la soirée. Un mélange de *28 Days Later* et de Jonestown. *Un suicide pandémique collectif en banlieue! Toute l'histoire!* —front page du *Journal de Chier-Pisser*.

Dans la salle de bain, il y a le maquillage sur une étagère à côté du grand miroir. Quelques pinceaux et mascaras sont placés autour d'un déodorant aux fraises. Plusieurs crèmes pour le visage sont éparpillées dans la pièce. Au mur, un pisseur *Fraîcheur & Propreté* est branché, et plusieurs chandelles à la vanille reposent sur le comptoir et la toilette. L'inutilisation a attiré une mince couche de poussière sur la cire blanc crème. Je décide d'allumer toutes les chandelles. La première allumette ne donne pas de feu. Le craquement de la deuxième brûle le bout de mon index. Je roule une revue pour m'en faire une torche. Je dragonise les bougies à la vanille et me regarde un instant dans la glace. Je ne reconnais pas mes traits. Je jette le magazine dans la baignoire. Il se consume un peu avant de s'éteindre. Mes intestins grimacent. Je prends les deux bouteilles de *Chanel N⁰ 5* sur le comptoir et les verse dans l'eau de la toilette. J'égraine aussi le déodorant aux fraises dans la cuve. Je suis prêt à évacuer. Le parfum éclabousse mes fesses et ça me fait rire aux larmes. Je regarde le reste du gâteau au fromage se noircir sur le papier glacé dans la baignoire pendant que je continue mon travail bien assis au-dessus des vapeurs du *Chanel N° 5* revisité.

J'ai envie de fouiller. Je tire les trois grands tiroirs de la commode et les empile sur le lit. Leur poids m'oblige à prendre un instant pour retrouver mon souffle. Je fais la même chose avec les compartiments des tables de chevet. Je me demande si on s'imagine que quelqu'un s'enivre de nos objets intimes pendant qu'on tète des piña colada aux Bahamas ou à Honolulu ou à buttfuck whatever. J'ai envie de trouver des masques de latex et des fouets. La confirmation d'un stéréotype de riches désaxés me rassurerait. Je ne sais pas pourquoi. Malheureusement, je n'ai en ma possession qu'un dildo et des *Playboy*. Le vibrateur est de taille moyenne. Bleu. Pas de forme spéciale. Il n'est pas fait custom pour une partie du corps plusse qu'une autre. Les outils sont cachés dans le tiroir des sous-vêtements. Comme si une loi indiquait que la pornographie et les jouets sexuels ne peuvent pas aller avec les pantalons ou les robes. C'est quoi le but d'un *Playboy*? Monsieur, avez-vous déjà entendu parler d'Internet?

J'entends l'écho de la musique et des rires d'en bas. Les playmates sont jolies, mais elles ont trop des grosses boules. On dirait des ballons. C'est laid. Je préfère les petites.

Sur cette dernière pensée de scholar, je crois m'être

endormi parce que je n'ai conscience de rien jusqu'à ce qu'on me réveille en me glissant un objet lisse contre les dents. En ouvrant les yeux, je me rends compte que le pénis synthétique domiciliaire se frotte à mes lèvres.

— Ark, Cha, t'es ben dégueulasse !

Charlotte est à genoux par-dessus moi et essaie d'insérer l'objet bleu poudre dans ma bouche. Elle rit comme une enfant. J'essaie de la pousser.

— C'est pas drôle, Charlotte, osti, tu vas me donner plein de maladies !

Elle continue de rire et jette le vibrateur à côté du lit. Elle enlève son t-shirt. Ses seins sont cutes. Je crois qu'elle a pris de la coke avec les autres en bas. Je suis à la fois déçu et excité.

— Ah, maintenant que vous avez fini le blow pis que t'as impressionné mes amis avec leur discussion de cul, là, ça te tente de venir me voir, han ?

— Ben, je serais montée avec toi si tu me l'avais demandé, mais t'es parti tout seul comme un genre de zombie.

— Ça faisait des heures que je te donnais des signes des yeux.

— Ouin, je l'sais, mais aahhh… Arrête, j'avais le goût de faire le party un peu…

La prochaine phrase, je vais la dire comme si c'était la dernière sur mon lit final d'hôpital tellement elle va sortir sur un ton endormi et plein d'admiration :

— Je savais que t'avais compris.

Je souris comme un imbécile et mes yeux restent fermés pendant qu'elle continue à me parler.

— Je comprends toujours, Sacha…

Merci de confirmer mes théories du début de la soirée sur ton occasionnelle mauvaise foi, pétasse. Non. Non ! Je ne voulais pas penser ça ! Je t'aime. J'ai besoin de toi.

Plus j'y pense, plus je trouve qu'en effet il y a quelque chose de mort vivant dans cette soirée. La maison est aseptisée et nous, on y apporte notre pourriture. Les sent-bon essaient de combattre nos cigarettes et notre merde, mais il n'y a rien à faire. Des belettes collées au plafond attendent le bon moment pour me cracher dessus. Des colettes bollées. J'ai souffert d'hallucinations taxidermistes toute la soirée. Je ne suis pas fait pour la drogue, je perds trop le contrôle. Charlotte a raison. Je ne lui avouerai pas.

Cha m'embrasse en déboutonnant mon pantalon. Elle a mis ma playlist des Velvet Underground. La voix de Lou Reed accompagne ma première expérience d'acide. Dégueulasse comme cliché, mais je ne l'ai pas forcé, alors je l'accepte. Cette fille est sexy comme tout. Je l'adore. Je veux qu'elle m'utilise. Sa culotte en coton rayé fait battre mon cœur hors de ma poitrine. Je glisse ma main entre le tissu et le recoin de peau toujours mal bronzé. Une drogue se colle à mes doigts comme du lait de coco. Je suis gelé en criss. Fuck you, Pablo Escobar ! Je veux être un personnage de Sacher-Masoch. Je veux qu'elle soit Wanda. Je suis Séverin.

Arthrite

Je souffre de la maladie de Still. Pour mon entourage, je dis simplement *arthrite* — c'est moins compliqué. Ma maladie, ark, pourrait s'attaquer à plusieurs articulations, mais dans mon cas, elle s'en tient surtout aux genoux et aux mains. On dit que c'est la version *adulte* de la maladie qui m'a frappé. J'ai eu quelques diagnostics contradictoires depuis les dernières années. *Ce n'est pas un vrai Still parce que tu as eu ta première poussée à dix-sept ans. As-tu des problèmes hépatiques ou rénaux ? Avec la technologie d'aujourd'hui, tu as QUAND MÊME une bonne espérance de vie.* Je ne sais pas d'où vient le nom. Ce n'est pas de Stijl, ça c'est un mouvement artistique (name-drop : néoplasticisme). Still, comme dans *je-ne-peux-crissement-pas-bouger*. Still, comme dans *prends-une-photo-de-ma-face-parce-que-je-vais-mourir-jeune*. Il y a trois ans, j'ai eu de la difficulté à marcher pendant des mois. Je ne savais pas encore que j'étais malade. J'avais des poussées de fièvre, mais je ne m'en rendais pas compte. J'ai pensé que ma douleur était liée au fait de ne pas assez faire de sport ou ne pas assez manger de fruits. Pas assez de céréales brunes dégueuzes. Pas assez des quatre groupes recommandés par le *Guide alimentaire canadien.* J'ai commencé à m'entraîner et à boire des smoothies. Google m'envoyait plein de résultats de ci, de ça. Un matin, après un entraînement, j'ai dû appeler mon père pour qu'il me conduise à l'urgence. Je ne pouvais plus bouger, paralysé par la douleur. J'avais de la difficulté à respirer. Mes jambes, ma tête et mes mains brûlaient de l'intérieur. Ma moelle osseuse pissait de l'acide à batterie dans mon corps. J'avais envie de me pitcher en bas d'un pont. Un osti de haut pont. Je n'ai jamais été aussi humilié que lorsque mon père a stationné la voiture près de l'entrée des ambulances et a dû prendre une chaise roulante pour me *rouler* à l'intérieur. Ma crise est passée. J'ai su enfin ce qui m'attaquait — ou presque. Depuis ce temps, les médecins ont essayé plusieurs médicaments qui ont tous moins bien fonctionné les uns que les autres. Du méthotrexate par la bouche au sous-cutané en passant par l'intramusculaire. C'est cytotoxique, le métho. Ça me faisait perdre des cheveux. Je n'en ai pas reçu longtemps. Le docteur qui m'en prescrivait me traitait comme un patient d'une simple polyarthrite rhumatoïde. Il a pris sa retraite l'an dernier. Il y a eu la Prednisone aussi. Le calcium. Les painkillers. L'acide folique. J'ai eu des effets secondaires d'irruptions cutanées sur le front, de zona, de manque de calcium et bien d'autres. Poumons faibles. Pharyngites. Pleurésies. J'en passe.

Depuis quelque temps, mon cas s'améliore puisque je suis un nouveau traitement. Remicade, un modificateur de la réponse biologique. Je dois le recevoir par intraveineuse pendant trois heures tous les deux mois. Je ne sais pas trop comment ça fonctionne. Ça consiste à me donner une sorte de protéine synthétique qui engourdit une partie de mon système immunitaire et, ainsi, l'empêche de m'attaquer. Ma maladie dérive d'un trouble immuno-fou qui décide de fusiller mes articulations saines. Système troublé, confus, dérangé. Il se produit une sorte de sabotage et voilà que l'insurrection interne m'empêche de marcher. Ma douleur est un problème de terrorisme domestique. Je suis le foyer de plusieurs milliards de Timothy McVeigh lilliputiens. Ma maladie se traite, mais elle est incurable. La cause n'est pas plus claire non plus. Je suis en guerre avec des inconnus. En conflit aiguillé avec mon propre corps qui parsème les attentats. En confit plumé. L'ennemi n'est nulle part. Il est partout. Pas besoin de me raser les cheveux parce que je suis déjà le punk parfait. Mon corps est grunge. Je suis l'autodestruction.

Ce matin, j'ai un rendez-vous à neuf heures pour une dose. Je dois me rendre à la clinique dans l'est de la ville. L'infirmière est très gentille. Elle s'appelle Colette. Elle m'accueille toujours avec un café et une jasette abondante. Malgré son nom ridicule, elle est la meilleure que je connaisse pour entrer des cathéters dans ma peau. Elle me perce sans douleur et sans éclaboussures. Elle n'a jamais raté une veine. Avant Colette, il y avait une pure folle qui s'occupait de moi. Elle twistait l'aiguille dans le pli de mon avant-bras pendant de longues minutes. Après, elle décidait qu'il n'y avait pas de bon filon sanguin et se retirait pour me poinçonner le dessus de la main. Je l'haïssais en criss.

— Salut, Sacha. Comment ça va aujourd'hui ? Je vais te peser avant que tu t'installes.

— Oui. Moi, ça va bien, juste un peu fatigué…

— Ben là, te couches-tu encore à des heures de fou ?

— Ça dépend des soirs.

— Bon, ben, je peux pas te prescrire de te coucher tôt, han !

— Tu peux pas me prescrire fuck all, t'es juste une osti d'infirmière.

— Ton poids est stable, Sacha, c'est bon !

Colette m'installe avec deux capsules de Benadryl pour prévenir les allergies que pourrait causer la perfusion. Le Benadryl m'endort. Colette roule vers moi avec sa chaise.

— Veux-tu qu'on te pique dans le bras droit ou dans le gauche, aujourd'hui ?

— Vas-y avec le gauche.

Elle m'aide à relever ma manche et flatte mon avant-bras avec un tampon d'alcool. C'est froid. Elle utilise ensuite sa main comme éventail pour assécher la peau et insère l'aiguille dans ma veine. À ce moment-là, je cesse toujours de regarder. Je sursaute un peu, davantage par habitude que par réelle douleur.

— Merci, Colette, t'as encore fait ça impeccable !

— Écoute, Sacha, arrête ! Avec du beau boyau comme t'as là !

La salle est plutôt restreinte. Les sièges sont arrangés en cercle, comme pour un groupe de discussion. Les patients se sentent obligés de parler de leurs maladies avec les autres. Certains sont traités avec le Remicade pour l'arthrite, d'autres pour le Crohn ou le psoriasis. C'est toujours un concours pour savoir qui a été le plus malade. Qui a chié le plus de sang, qui a les doigts les plus croches. Ce petit jeu de comparaisons m'écœure. J'apporte toujours des gros écouteurs comme ceux des D.J. pour écouter mon iPod ici. La musique et l'effet du Benadryl me rendent peu bavard.

Je somnole en écoutant quelques chansons de Hank Williams. Colette vient me réveiller pour prendre ma pression et ma température toutes les demi-heures. Je pense à Charlotte. Je sors mon téléphone pour lui texter un *je t'aime, petit chat*. En bougeant, je constate que ma jambe droite est engourdie parce que ma cuisse est appuyée sur mon portefeuille. J'essaie de changer de position. Il y a beaucoup trop de cartes inutiles dans ce truc. Je regarde le soluté. Mon cœur a encore la moitié du sac à pomper. J'accote ma tête sur l'oreiller et je lève mes pieds. Les chaises sont semblables à celles qu'ils utilisent pour la chimiothérapie. Je me dis qu'au moins, quand je vais choper le cancer, je saurai comment installer mes jambes et mon coussin pour être confortable.

Le reste du matin passe entre la prise de pression, les presque rêves de ma tête presque endormie et une dégustation de pistaches comme dans les avions. Les patients atteints de Crohn, eux, n'ont pas le droit d'en manger. Drôle de choix de snack de la part de la clinique. Je lèche le sel à l'intérieur du papier.

En sortant de l'hôpital, je suis encore endormi. Je ne sais pas s'il s'agit d'un effet secondaire du médicament, mais je me sens toujours très émotif en retournant chez moi. Je m'assois pour attendre l'autobus. Je me mets à pleurer. Pas une crise. Pas la fin du monde. Seulement quelques larmes douces. Quelques armes-douches. La fois où j'ai le plus pleuré, c'était quand j'avais vu un petit bonhomme, environ dix ou douze ans, entrer dans la clinique en fauteuil roulant. Je coulais des yeux et, lorsque l'autobus est arrivé, j'ai fait semblant d'avoir oublié ma carte pour ainsi attendre le suivant. Je ne voulais pas entrer dans un bus rempli de gens qui me verraient pleurnicher. J'avais fini par marcher jusque chez moi — cinquante-sept minutes de marche.

Charlotte n'a pas répondu à mon texto encore. Elle est où, han? J'essaie de l'appeler, mais je n'ai comme réponse que la boîte vocale. Mes yeux s'humectent. J'aurais aimé lui parler. Maintenant. Tout de suite. Seulement pour lui dire que je l'aime. J'ai envie de lui expliquer pourquoi elle doit rester avec moi toute la vie, que je change, que le mieux est à venir. Souvent, je veux l'appeler pour intellectualiser mon amour, mais je finis toujours par balbutier des *je t'aime parce que t'es douce comme un chat*, ou des *tu es importante pour moi parce que tu ressembles à un chinchilla*. Je suis incompétent. Les control freaks s'entourent majoritairement de gens compliqués à suivre. Je prends le transfert pour le métro. Je regarde mon téléphone une dernière fois avant de perdre le réseau dans le souterrain. Elle ne m'a pas répondu. Je m'endors et passe ma sortie.

Résolutions pour la nouvelle année :
— Écouter plusse de Jesus and Mary Chain
— Manger beaucoup de légumes
— Trouver des moyens de s'aimer encore plusse
— Devenir amis avec Kate Moss & Pete Doherty
— Être riche pour déménager ensemble
à New York ou à Tokyo
— Se faire confiance (ne jamais être jaloux)
— Être invincible (ou invisible, mais dans un sens
ça veut dire la même chose)
BB — Entrée 31

Fête & effraction 2

La lumière du matin m'attaque jusqu'aux os. Fuck le matin. Pour toujours. Je suis Dracula. Il faut que je parte d'ici. Je n'aime pas cette maison. En me levant, je remarque que Paul et Marie ont dormi dans la chambre jaune congé-pascal. Marie a la couverture jusqu'au nombril et je peux voir ses gros seins au milieu des peluches de la petite. Ou du petit. Fuck les chambres unisexes. Mon estomac feele bizarre. Je marche en boxer au milieu de notre dépotoir et j'ai envie de rire tout en étant dégoûté. Je m'ennuie de ma mère. Je me laisse imaginer qu'elle arriverait sur la scène et verrait nos déchets. J'ai honte. Je chasse cette pensée au plus vite en m'époumonant :

— Heille, tout le monde ! J'crisse mon camp !

David lève à peine sa tête pour me dire que je devrais rester pour la soirée de samedi. Il mentionne que d'autres filles se joindront à nous. Son langage est Forrest Gumpien. Il a dormi dans ses jeans serrés. Pendant qu'il me semi-parle, je m'aperçois que sa manière d'arrêter la musique cette nuit a été de lancer la bouteille de vodka sur le CD player. Mes yeux se transforment en index qui pointent vers lui, puis vers le système de son. Il me regarde :

— J'ai essayé deux bières, mais ç'a vraiment pris la bouteille de Grey Goose pour arrêter la musique.

Je ris. En effet, je décèle une première marque de violence sur le mur, et une autre sur la bibliothèque. Cette deuxième semble avoir éclaboussé les livres de droit civil soigneusement rangés par millésime.

— Fair enough, je réponds.

Côté vandalisme, David a un CV intéressant. Il a le tour de casser des objets que personne ne pense à briser. Dans une autre maison prise d'assaut par notre sens du party, il avait trouvé des balais. Il s'amusait à les prendre avec ses deux mains, une pour chaque extrémité, avant de courir vers un coin de mur et fendre le bâton en deux. Puis en trois, puis en quatre, et ainsi de suite.

Et les vadrouilles, lorsqu'il ne les divise pas, il les utilise pour jouer à la piñata avec les lustres des halls d'entrée.

— Retourne te coucher, Sach, t'as pas rapport !

Je le regarde et ne prends aucun de ses mots en considération. Je décide tout de même de retourner à l'étage pour voir si Charlotte veut rester ici. Si c'est ce qu'elle veut, je ne la laisserai pas faire. Je prépare mes arguments dans l'escalier au cas où elle se la jouerait rebelle. Je m'approche de la chambre. L'accélération de mon rythme cardiaque se fait sentir dans mes poignets et sur mes tempes. Je prends une grande respiration avant de tourner le coin du cadre de porte :

— Bon, Charlotte, moi j'ai décidé que je crissais mon camp. J'aime pas le feeling ici.

Il manquait beaucoup de conviction dans la mélodie de cette phrase. Je l'ai dite sans même regarder ce que Cha faisait avant d'entrer. À mon grand étonnement, je n'ai pas à débattre puisqu'elle est assise sur le bord du lit, penchée pour attacher ses bottes.

— Attends-moi, je viens avec toi !

— Ah ouais ? je m'étonne.

Je suis déçu. Je me sens comme un gouvernement qui fabrique une bombe atomique pendant des dizaines d'années pour ensuite faire la paix avec l'ennemi. Oppenheimer sans Hiroshima. Un tank mammouth sans C&C Red Alert. Even if we have to eat grass sans l'Inde. Mon petit cœur s'est agité pour rien. Gagner sans argumenter, c'est louche.

— Pourquoi tu veux venir avec moi, je pensais que t'avais envie de faire le party ?

— Ben, là, je suis pas pour rester avec tes amis sans toi !

Je réfléchis un peu. Je me demande s'il y a une raison cachée. Hier, elle voulait rester. Aujourd'hui, elle veut partir. Est-ce que quelque chose m'échappe ? Je ne suis pas rassasié.

On sort de la maison sans faire de bruit. Justifier mon départ avec David, je veux bien, mais devant Paul, Oli et tout le reste, non. Paul me convaincrait trop facilement de rester. Oli me dirait « C'est pas pareil sans toi » avec ma culpabilité au creux de sa main et tout le blabla. Je préfère me défiler.

Dehors, devant la maison, le soleil semble s'être poppé du Ritalin. Je sors mes lunettes. Je n'aime pas ce genre de journée ensoleillée, surtout pas un lendemain de fête. La lumière réchauffe ma peau. Mon corps se met à me démanger et veut exploser. Je me sens comme un chat dans un micro-ondes. Charlotte ricane. Une voiture nous dépasse et on entend une vieille track des Smashing Pumpkins à travers les fenêtres. Ça n'aide pas ma perception zombiesque de la fin de semaine.

— As-tu vu les gros totons de Marie dans la chambre? C'est quoi? Ils voulaient pas fermer leur porte? elle demande.

— Ouais. J'ai vu. Pourquoi tu voulais pas rester, sérieux?

— J'te l'ai dit tantôt, j'ai envie d'être avec toi!

Elle me prend la main. Je me sens fatigué. J'attends quelques secondes avant de répondre parce que si je le fais maintenant, ma voix sera trop tremblotante. Peut-être qu'elle dit la vérité, après tout. Si elle est sincère, ça me met de l'eau dans les yeux : elle m'aime pour vrai et je ne lui fais pas confiance. Je m'en veux de ne pas la croire. Une voiture de police passe près de nous et ralentit. Elle ne s'arrête pas.

Nettoyage

J'entends du bruit dans le corridor. Au moins trois voix différentes. C'est la demi-sœur de Cha. Elle est venue de Québec pour passer le week-end et elle ramène des gens à quatre heures du matin. Charlotte se retourne vers moi.

— Tu dors pas ?

— Non, ta sœur m'a réveillé en rentrant. Je pense qu'elle est avec des amis.

— Ouais, elle fait toujours ça quand elle vient ici. Sacha, j'ai fait un rêve tellement bizarre, là ! J'étais dans un bar pis il y avait une Victoria Secret Angel qui avait peur que j'lui pique son chum. T'étais là toi aussi, pis t'étais fru parce que tu comprenais pas pourquoi elle disait ça.

— C'est drôle parce que moi aussi j'ai fait un rêve dans lequel j'étais fâché.

— C'était quoi ?

— On se faisait un pool de dictateurs pis David a choisi Pol Pot avant moi. J'étais tellement en criss que je me suis mis à tout saccager dans la pièce.

Charlotte est couchée sur le dos et continue :

— Un fantasme à moi ces temps-ci, ça serait que tu

me baises pendant que je dors, sans me réveilller, sans m'avertir. Ça fait un bout que j'y pense.

Je me lève pour aller pisser. Je passe devant la porte entrouverte du salon où la sœur réside pour quelques jours. J'arrête un instant pour écouter. Je l'entends gémir. Il y a plusieurs nouvelles paires de souliers à l'entrée. La sœur de Charlotte en trip à trois. MMF ou FFM? Je retourne dans la chambre.

— Peux-tu faire quelque chose pour moi demain? Charlotte me demande.

— Oui, mon chat?

— Peux-tu deleter ton ex, Michelle, de ton Face-book? Je trouve qu'elle te parle trop.

Je promets à Ça-chat de ne jamais laisser passer
plus de 12 heures sans le texter pour lui dire que je l'aime.
BB — Entrée 3

Charlotte

Charlotte fréquente une école de danse contemporaine. Le fait qu'elle ait choisi la danse comme moyen d'expression était la raison première pour laquelle je me suis intéressé à elle. Je suis jaloux de ses mouvements. On raconte qu'une danseuse de talent se souvient avec son corps. Pas besoin de l'esprit. Elle n'est pas prisonnière comme moi. Charlotte est kinesthésique-parfaite. C'est la personne la plus spontanée que j'ai rencontrée. Ça me brouille l'esprit. Facile à contrôler? Je ne sais pas. Les gens trop réfléchis m'effraient parce qu'ils ont le potentiel d'être hypocrites. Les impulsifs m'inquiètent parce qu'ils sont imprévisibles. J'imagine qu'il y a plusieurs manières d'être dangereux.

La première fois que j'ai vu Charlotte, c'est Olivier qui me l'avait présentée comme étant la plus belle fille du bar. Elle bougeait comme une star. Elle savait que tous les gars la désiraient. Il me l'avait montrée du doigt pendant qu'elle jouait à l'agace en embrassant le chanteur d'un band peu connu.

Je l'avais regardée, sans trop m'imaginer de folies. Ce soir-là, j'étais dans un nid de emo kids (criss, ça fait déjà longtemps) et de gothiques, mais j'avais décidé de m'habiller en preppy. Cheveux aplatis vers l'arrière, polo Ralph Lauren blanc, jeans Dior, grosse montre en or. Olivier avait une copine à l'époque, mais il voulait tout de même tenter sa chance avec Charlotte. Il me l'avait présentée parce qu'il voulait que je m'y intéresse. Créer la compétition. Réinventer la jungle. Il voulait qu'on soit deux sur le même cas de fille pour ensuite réussir à me la voler. Il avait ce power trip de toujours prouver aux autres qu'il flirtait mieux qu'eux. À première vue, Charlotte était beaucoup plus son genre et il le savait. Il s'amusait avec moi :

— Come on, Sach, elle est pour toi cette fille-là ! C'est vraiment la plus belle du bar à soir.

— As-tu vu comment je suis habillé, man ?... Franchement ! J'peux pas l'approcher.

Olivier est beau. Il a ce charisme que les filles semblent apprécier avec ses cheveux longs et un peu mal peignés. Son bras droit est tatoué au complet. Ses tatouages sont niais, selon moi, mais il est comme ça, un peu limité dans sa pensée. Je lui pardonne. Il n'aime pas remettre en question les événements ou les gens. À l'époque, lui et moi formions une bonne équipe pour les filles puisqu'il pouvait les attirer avec ses yeux et ses clowneries. Je prenais ensuite la relève pour celles qui aimaient un amant avec davantage de contenu. On arrivait à se séparer les chix sans trop de chicane.

Charlotte se dandinait et parlait à l'oreille de son zouf emo trop roux. Vers la fin de la soirée, j'avais hâte de partir, mais Olivier m'en empêchait. Il était persuadé que Charlotte l'avait regardé quelques fois.

— J'te dis, man, elle me eye fucke depuis tantôt.
Donne-moi quinze minutes encore.

Je me souviens, à ce moment, je m'étais senti mal
pour sa blonde de l'époque. C'était quoi son nom déjà?
Mélanie? Mélissa? J'étais allé me poster au bar avec un
verre de bourbon pendant qu'il faisait son fin-fin plus
près de Charlotte. La barmaid en face de moi était exa-
gérément bronzée. Elle répondait à ses clients par des
gros *graciâs* à l'accent québécois bien gras.

— T'aimes ça, le Mexique? T'iras te faire soigner
ton cancer de la peau là-bas quand tu vas le pogner! Osti
de vache!

— Qu'est-ce que t'as dit? J'ai pas entendu? la white
trash répond en se tortillant sur la nouvelle toune des
Black Eyed Peas.

— Je disais tu parles déjà bien espagnol dans
l'fond! (En criant un peu.)

— Ah! Thanks!

Ark. Connasse. Si je te tipe et tu me sors un danke,
je te tue. Peine de mort : trop de langages différents pour
le mot *merci* en moins d'une minute. J'étais pour me
lever et filer à l'anglaise, mais une main froide et effilée a
empoigné la mienne. Une odeur de parfum s'est arrêtée
devant moi. Comme un fantôme qui réfléchit, un
démon qui vous regarde droit dans les yeux avant de se
décider à vous posséder. J'ai puffé un Casper. Azazel qui
savoure votre dernier instant de sanité d'esprit. Cèdre ou
vanille ou baie des champs. Mélange des trois. Viol pul-
monaire fragrancé.

Je me doutais à qui appartenait cette main fragile.

Je pouvais sentir ses rebords de cuticule séchée dans ma paume. Lorsque je me suis retourné pour la regarder, elle m'a chuchoté à l'oreille :

— Pourquoi on se connaît pas, han ?

Je ne savais pas quoi répondre.

— Tu veux pas me connaître, crois-moi. Je suis un maniaque dangereux.

J'aurais aimé reprendre ma phrase. Une rencontre, ça se définit par un seul mot.

Elle m'avait serré la main très fort et elle était partie. Elle y avait laissé un bout de papier : *Charlotte. 514-783-373**. *Si tu trouves le dernier chiffre, appelle à 3 h 30 sharp cette nuit.*

Pendant que j'essaie d'avoir l'air spontané pour paraître cool, elle, elle l'est sans effort. Dans la track de NIN, il dit à un certain point : *you get me closer to God.* Ce n'est probablement pas dans ce sens-là que Trent Reznor utilisait ces mots, mais je me sens devenir une sorte de Jésus de l'hétérosexualité ces temps-ci. Un self-made-god. Tout le monde me regarde lorsque Charlotte est à mes côtés dans la rue. Mon amoureuse a cette manière de bouger qui anesthésie la raison. Évidemment, c'est une danseuse, mais elle a aussi une vibe animale inexplicable. Ça rend fou. Sa peau est comme une pièce d'ivoire sablée pendant mille ans. Personne ne résiste à ça. Lorsqu'elle est avec moi, je suis high. Même l'homme le plus fort du monde n'arriverait pas à tordre tout le jus de cœur qui photosynthèse pour elle dans mon corps. Le jour où elle devra partir et me laisser seul, ce qui va arriver, j'offrirai au ciel de me faire crucifier à l'unique condition de pouvoir l'embrasser une dernière fois. Je dessine déjà la situation dans ma tête.

Charlotte est partie depuis quelques mois. Je pleure du sable parce que j'ai épuisé toutes mes larmes. Je prie, je crie, je chain-smoke. Je fais ma proposition à Dieu et, un matin, ma muse préférée sort de la douche et vient se coucher nue sur moi. Elle sent le savon au chocolat de chez LUSH et le shampoing cher de coiffeur. Une pluie chaude tombe du plafond pendant que Cat Power, sortie de nulle part, défonce mes tympans en me chantant *Maybe Not* dans le coin de la chambre. Charlotte pose ses lèvres contre les miennes et m'envahit de son haleine d'alcool et de gomme à la menthe avec le baiser le plus profond et triste que j'ai connu. C'est la première fois que je l'embrasse. C'est la dernière fois que je l'embrasse. Et, du coup, comme dans les films, un fondu enchaîné m'emmène de ma chambre jusqu'à la croix sur laquelle un Romain coriace enfonce son premier clou de neuf pouces en plein cœur de ma paume remplie d'arthrite avant de me hisser vers le soleil et les vautours. La douleur est bonne. Mon troc de souffrance est gagnant-gagnant. Je ne regrette rien. Édith Piaf, toute la shit.

Malgré tout ce que je viens de dire, il faut comprendre que le plus sexy chez Charlotte, c'est la détresse dans ses yeux. Le fait qu'elle n'a aucunement le contrôle sur sa propre vie. Pas une cenne, jamais connu son vrai père, des histoires louches de grand-mère contrôlante. Elle dit qu'elle s'en fout, mais les cicatrices sur son cœur ont des formes bizarres. Elle est sans gêne avec moi. Je sais que les points de suture ont été botchés en criss. Son regard est un drame biographique. Non, mieux encore : Charlotte, tes yeux sont un suicide. Elle laisse le temps la frapper. Un phare immobile devant les vagues. J'ai envie de la protéger. Je veux être le seul antidote. Pourquoi ça m'attire, les filles comme ça ? Plus brisées elles sont, plus amoureux je suis. Blasées, corrompues, méchantes — j'en passe. Je t'aime.

J'attends Cha devant son école. Le soleil est présent sans toutefois m'écraser. J'ai choisi mes grandes lunettes, celles semblables aux lunettes d'aviateur que j'ai trouvées au Village des Valeurs. Je suis assis sur le bord du trottoir près de la porte. Je regarde les étudiantes déambuler jusque dans la rue et je salive. Je ne me suis pas rasé depuis deux jours pour avoir le look *oups-je-ne-sais-pas-que-je-suis-sexy*. Une fille me dévisage. Je fais semblant de ne pas la remarquer. Je regarde ses jambes. Je l'imagine dans un shooting de Richard Kern. Je regarde l'heure sur mon cellulaire pour essayer de savoir le moment exact où Charlotte va arriver. Je veux allumer une cigarette, mais je dois choisir le bon moment. Si ma clope est consumée aux trois quarts, je vais avoir l'air BS. Si elle est neuve, ça va trop paraître aussi. D'après moi, elle est devant moi dans trois minutes. Je m'allume. Je joue après mes bottes comme si mes lacets me préoccupaient vraiment. Charlotte sort. Elle est accompagnée d'un gars qui semble la faire rire. Il est sûrement gay. Elle court et me saute dans les bras. Elle porte son parfum *Burberry*.

— C'était un dude de ta classe, ça ?

— Ouais, il est tellement gay, il me parlait du gars qu'il a rencontré en fin de semaine.

— O.K. O.K. Ça va, toi?

— Pas pire, ouais.

Je jette ma cigarette et prends une gomme. Une à la menthe verte. Mes doigts sont moites et je me demande si je devrais tout de même prendre la main de Cha. Je me demande aussi s'il est vrai que fumer avec un chewing donne le cancer de la langue.

— T'as envie de faire quoi? je demande.

— Je pense que j'ai faim. As-tu mangé aujourd-d'hui?

— Non, je me suis levé quand même tard et je suis tout de suite venu te rejoindre.

— C'est pour ça que t'as l'air fatigué.

Je suis cerné. Blême. Brumeux. Frêle. Peut-être une rechute de Still? Peut-être une relance de découragement? Charlotte finit par me prendre la main et m'attire dans sa course pour traverser la rue devant un camion. Le chauffeur klaxonne.

— Pourquoi la course? T'es pressée? je dis.

— De quoi?

— Courir en face des chars?

— Bah, ça stresse un peu le conducteur, c'est drôle!

— Ouais, je comprends le but de malfaisance, pis je te l'accorde, mais n'empêche que c'est dangereux.

— Arrête de gosser.

— Je dis juste ça parce que moi ça me tente pas de fourrer avec une fille défigurée qui faut que j'lui essuie la bave du menton constamment.

— Ah non? T'as pas un cripple fetish?

Charlotte n'a pas grandi avec nous, mais elle a parfaitement compris l'esprit malfaisant qui nous hante depuis toujours. Elle est de la même école de pensée. Celle où l'impact sur les gens qui nous entourent vient des mesquineries, des taquineries malsaines, des jeux. Tellement de gens se souviennent de nous pour les fois où on a été méchants. Je ne connais même pas leurs noms, et eux, ils sont encore remplis de haine envers moi. La méchanceté ouverte est un art. Il faut savoir bien doser les attaques et leurs propos pour y exceller. Je nomme méchanceté ouverte celle que l'on crache sans gêne, d'une personne à une autre. Persécuteur dévoilé. Agression au soleil. À l'école secondaire, on avait la chance d'être plutôt avancés pour notre âge. Les filles aimaient bien nous parler parce qu'elles nous trouvaient matures et, sans doute, on faisait facilement partie du top 10 des plus beaux gars de l'école. Comme nos parents avaient du cash, on avait toujours des fringues, des cadeaux, de la drogue, des belles dents. Pour un anniversaire de David, on avait organisé une fête dans un chalet de ski et envoyé des invitations écrites:

Je pense que tu es très jolie et voudrais donc t'inviter à mon party de fête. Appelle-moi si tu es intéressée et je te dirai comment t'y rendre. Je m'occupe de l'alcool et autres amusements.

David

Quinze invitations avaient été lancées, sur lesquelles quatorze filles s'étaient pointées. Celle qui n'est pas venue était partie en croisière avec ses parents. On était quatre gars. Ç'a été la soirée la plus mémorable du secondaire. Évidemment, les filles sélectionnées n'étaient pas toutes amies. Il a fallu prendre le meilleur de chaque clan femelle pour notre fête. Et on avait soigneusement fait exprès d'en laisser une seule de côté par gang de filles — la plus laide. On voulait savoir si les autres refuseraient notre invitation par solidarité ou viendraient tout de même. Elles sont toutes venues. Pendant la première demi-heure, elles faisaient semblant d'être outrées par notre bassesse, mais ce n'était rien que le spa et les pentes de ski n'avaient pu consoler. On avait réussi à convaincre les belles que leurs amies étaient simplement victimes d'une forme de darwinisme social et qu'on n'y était pour rien. Les laideronnes, elles, ont passé la fin de semaine à flâner en ville dans les clubs vidéo en agissant comme si elles allaient se bourrer de pop-corn de leur plein gré. Comme si elles allaient se gaver de films stupides parce qu'elles avaient *choisi* leur absence au chalet de ski. *Je m'en fous de pas être allée. Sont cons ces gars-là anyway. Blablabla.*

— Moi, je dis qu'on va dans le Chinatown manger une phô, pis après, je sais pas trop, là, on va s'acheter un iced cappuccino, je propose.

Comme si c'était la première fois que j'avais cette idée de génie.

— Ouais, j'ai découvert un nouveau resto dernièrement en plusse. C'est comme crasseux, mais c'est full bon, Charlotte dit.

J'ai hâte d'arriver au restaurant parce que le bas de

mon dos fait mal. Charlotte s'allume une cigarette. Elle n'est pas une fumeuse régulière depuis longtemps et ça se voit. Ses longs doigts sont maladroits avec la smoke. Ses pattes me font penser aux bricolages de gamins où les mains des bonshommes sont fabriquées de patates et de cure-dents.

— C'est quand le prochain party où on trashe une maison ? elle demande.

— Je sais pas. Tu sais qu'on peut pas en faire trop souvent, sinon on va se faire pogner. Pis anyway, le dernier m'a fait chier.

— Ouin, ça c'est parce que t'as décidé de faire ton frufru.

— Non. Mais sérieux, j'pense que le couple Marie et Paul, ça m'énerve.

— Je la trouve fine, moi, Marie…

— Toi, on sait ben, t'aimes tout le monde.

On descend Saint-Denis. La rue est bondée. Les filles sont à moitié nues. Il y a beaucoup de touristes. Je me sens un peu ordinaire avec mes vieux shoes. Faudrait que je fasse un tour au Holt Renfrew avec la Amex de mon père. La rue Saint-Denis, c'est de la marde, j'haïs ça. Charlotte tient fort ma main. Je suis invincible malgré mes souliers troués. Tenir la main de mon amoureuse est une démonstration de force davantage qu'une marque d'affection. *Moi,* je suis avec *elle,* et *elle* est avec *moi.* Voilà. Questions ?

— Pourquoi tu dis que j'aime tout le monde ? Tu gosses donc ben ? Charlotte demande.

— Non, mais avoue, Cha ! N'importe qui qui est

smatte avec toi dans la rue devient ton meilleur ami, genre.

— Ouais, ben peut-être que je change d'amis souvent, mais au moins je passe pas mon temps à me rappeler mes jokes d'il y a dix ans avec les mêmes gars depuis toujours.

— T'as aucun critère de sélection !

Charlotte a des amis interchangeables. Elle a eu ses moments Sonic Youth, ses moments fluos. Elle a eu ses passes grunges et ses XpassesX edges. Charlotte est amicalement gonflable.

— Ta yeule pis viens voir cette robe-là avec moi.

Elle me traîne dans une boutique où Jay-Z joue à pleine tête. *Empire State of Mind.* Charlotte fouille dans les sous-vêtements pendant que je regarde autour. J'ai des picotements de chaleur entre cuir et chair. L'éclairage rend mes cheveux reluisants. Ça m'énerve.

— Est-ce que ça te dérange si j'essaye quelques affaires, chat ?

Elle me donne un bec sur la joue. Aussitôt que Charlotte est dans la cabine d'essayage, une vendeuse sort de l'arrière de son comptoir tapissé de flyers et de stickers de bands. Elle vient me parler. Elle est tatouée sur les seins. Elle a un septum. Le piercing n'avantage en rien sa face déjà un peu animalesque.

— Ta blonde essaye des costumes de bain. Partez-vous en vacances ?

— C'est vrai ? J'ai même pas remarqué ce qu'elle voulait essayer.

Elle est partie avec un bikini noir qui s'attache en

arrière du cou. Un one-piece rouge avec un V-neck. Deux camisoles blanches (une small, une medium) et une jupe courte.

— Non, on est allé en Italie avec mes parents l'hiver dernier.

— Ah ouin ? Tes parents l'ont amenée en voyage avec eux ? Elle est ben chanceuse !

Le temps commence à se faire long. J'ai tellement la tête enflée par Charlotte ces temps-ci que je n'ai même pas envie de faire mon beau pour la vendeuse-buffle.

— Pis t'sais, ma blonde, Charlotte, elle a un petit problème, je commence.

— Avec le fait que tes parents la gâtent autant, genre ?

Son accent est disgracieux. Elle doit venir d'une famille pauvre. Je ne sais pas si c'est Longueuil ou Laval ou une autre sorte de banlieue que je ne connais pas. Ou Bruxelles ou Mars ou Pluton.

— Non, pas ça, une autre affaire…

— De quoi tu parles ?

Je me rapproche de la vendeuse pour chuchoter en m'inclinant vers elle :

— Ben, vois-tu, elle achète toujours des nouveaux maillots parce qu'elle est menstruée huit jours sur sept. Ça coule, ça gaspille, ça tache… Faut qu'elle prenne des surplus de fer pis toute. C'est une maladie, *semaine-non-stop* que ça s'appelle.

La gueule du bœuf ! Toujours au front pour défendre la liberté d'expression à propos du body art et des shits de même, mais aussitôt qu'un gars un peu hurluberlu invente des jokes de menstruation, ce n'est plus drôle ! Au yâbe la statue pis son flambeau. Fuck freedom of speech.

Elle grimace de dégoût et ne dit rien. Au même moment, Charlotte sort de l'isoloir et me prend par le bras d'un pas poliment pressé.

— J'ai laissé les trucs dans la cabine ! Charlotte pitche.

Je regarde la vendeuse en haussant les sourcils et en lui offrant un demi-sourire de salutation. Charlotte sort avant moi par la porte vitrée sur laquelle il y a un faux graffiti, une sorte de version tag du logo du magasin. Quelques pas plus loin, Cha m'annonce ce que je sais déjà.

— J'ai mis le bikini noir dans mon sac !

— Ah, criss que t'es conne ! je réponds avec mon ton de matante déçue.

— Ben, j'sais pas, y était nice…

— Mais, Charlotte, ces magasins-là, c'est toujours plein de caméras ! Je t'ai déjà dit de pas faire ça quand je suis là.

— Pis si j'ai piqué ça aussi, me le pardonnes-tu ?

Elle sort de son sac des longs bas noirs avec des rayures blanches comme si elle était illusionniste et agrippait un lapin par la couenne. Je ne suis plus fâché. Ses bas de cabaret burlesque réussissent à me réconcilier avec son insouciance.

— Tu vas porter ça ? je demande.

— Je peux même les porter ce soir si tu veux !

Réconcilié exposant 2.

55

Le soleil a fini par se coucher et on sirote notre iced cappuccino de chez Tim. L'été, j'en bois un par jour. Il est de loin meilleur que celui des concurrents. Il a une onctuosité que les autres n'ont pas. Il goûte le café, oui, mais on dirait qu'ils ont inventé une nouvelle saveur. C'est dur à expliquer. À l'œil, je dirais que la couleur se situe quelque part entre l'ocre et le brique délavé. Celui du Dunkin est trop liquide. Celui du Second Cup, trop consistant. Le iced cap est parfait. Si facile de se laisser convaincre par son nez empyreumatique et ses notes de vanille. Belle texture, bien structuré. Le petit côté amer est vite rattrapé par le sucre bien dosé. C'est rond. C'est doux. C'est savoureux. L'aspect moelleux est très racoleur. On est à un autre niveau qu'un moka froid ou un vanille latte avec glace qu'on oublie aussitôt bu. Ça n'a pas la même longueur, pas le même rituel de calculer où téter avec la paille. C'est comme un smoothie caféique. Ça me fait tripper. J'aimerais qu'un représentant vienne m'en parler sur le Food Network. C'est mon rêve d'inventer une saveur ou de sauter dans une piscine de iced cap. Si le concept d'*hypothermie* n'existait pas, genre.

Dans mon sac à dos, il y a un veston American Apparel noir. Je l'enfile et l'attache jusqu'au nombril. À la dernière convention entre mon miroir et moi, la résolution *zipper-pas-jusqu'au-cou* avait été votée unanime. Une voiture roule à côté de nous et le bass drum de la musique fait vibrer mon estomac. L'automobile ralentit pour nous dépasser. Je glisse ma main dans ma poche de cellulaire. Réflexe. Quand je suis nerveux, je me prépare à faire le 911. Les Crips. Le danger. Les initiations de gang. L'auto passe. Les Bloods. Je pense à la dernière émission de *Cops* que j'ai vue. Je regarde Charlotte. Je l'imagine criblée de balles. J'embrasse sa bouche régurgitant du sang pour la dernière fois. Un des homies revient me mettre son outil mortel sur la tempe. Il m'éclate pendant que je la frenche. Si romantique que Goethe en serait jaloux. Ensuite le mec nous viole. Non. Dégueu. Too much. L'histoire se termine avec le baiser hémoglobineux. Je préfère. La rue est calme maintenant. On remonte Saint-Urbain. La menace n'est plus. Fausse alerte.

En face de l'Institut thoracique, je sors ma petite caméra vidéo.

— Cha, arrête un peu ! je demande.

— Ah non, on s'arrête pas ici ! Charlotte s'oppose.

— Oui oui !

— Non, ici ça pue la cage thoracique.

Elle et moi avons déjà établi que cette section de la rue Saint-Urbain dégage une odeur d'os brûlé. L'origine de ça ? Aucune idée. C'est juste notre joke. On blâme le bâtiment de l'Institut thoracique.

J'ouvre la caméra. Je cadre Charlotte devant l'édifice. L'ombre délicate déposée par le lampadaire rend son visage parfait. De l'arrière de la lentille, je demande :

— On est où ici, Charlotte ?

— Eh bien, Sacha, nous sommes en face de l'Institut thoracique de Montréal, eeee… du Canada ou du Québec, là. Whatever !

Elle répond avec le ton typique d'un documentaire

de l'ONF sur un atelier artisanal de deux employés qui construit du matériel d'apiculture.

Je m'approche de Charlotte en tournant la Sony vers ma figure pour faire la narration en marchant.

— Nous sommes donc en mission secrète financée par le Service du renseignement pour découvrir à quoi sert... que veut dire... ou tout simplement... qu'est-ce qu'un fuckin' Chest Institute !

On entre par la porte principale. Charlotte marche comme si elle était habituée à fréquenter l'endroit. Les néons éclairent le hall complètement vide. Je ne crois pas que ce soit un hôpital à proprement parler. Probablement une section affiliée à un établissement de santé pour les poumons. Pour les cœurs. Pour toutes les cochonneries dans une prison de côtelettes. Je vais me ramasser ici quand je vais choper la tuberculose. On marche lentement. J'essaie de prendre des bons plans d'ensemble.

— Penses-tu qu'il y a beaucoup de gens qui meurent ici ? demande Charlotte.

— Sûrement, dans le thorax il y a quand même des organes vitaux.

— Ouais, mais penses-tu que cette place s'occupe juste des cages, genre des os en tant que tels ? Ou de tout ce qu'il y a dedans ?

— Eeeee, bonne question ! Je comprends ce que tu veux dire. Genre, l'Institut traite JUSTE la cage thoracique, rien d'autre... Peut-être... Mais je pense pas qu'ils auraient construit de quoi juste pour une partie des os de ton corps, il me semble.

— Han ! Checke ça !

Charlotte court en direction d'une table naine postée au coin d'une chambre. Elle prend une boîte de gants violets et se gante.

— Oui, alors quel *était* votre problème, monsieur le patient-chat?

Elle s'approche en exhibant ses mitaines de latex comme une fillette avec son nouveau cadeau de Noël devant la caméra de son père. Je recule. Charlotte m'empoigne la main avec sa pelure de caoutchouc et commence à m'embrasser. Ses condoms de pattes l'empêchent de découvrir la moiteur de ma paume. Je me demande si on nous épie. Quand on s'embrasse, je pense souvent aux regards des autres. Y a-t-il des caméras? Des petits points viseurs rouges de sniper sur mon front? Sur le sien? Est-ce qu'on forme un beau couple? Et si on s'embrasse trop, est-ce que quelqu'un va remarquer la bosse dans mon pantalon?

— *Avais*-tu entendu? je demande.

Elle ne répond pas. J'entends des claquements de chaussures. Je ne suis pas fou. Je n'ai pas pris d'acide. Je ne suis pas schizo. Je prends Cha par la main et l'emmène rapidement vers les escaliers. Mes jeans sont trop serrés. Je me sens pogné. On monte quelques étages à la course. Je suis essoufflé. On s'arrête. Je prends le temps de regarder si toutes les options de la caméra n'ont pas changé malgré ce sprint. Tout est correct. On est assis. Je lève mon bras et filme les mains de Charlotte.

— T'sais, chinchilla, on a sûrement le droit d'être ici. C'est comme un hôpital, j'veux dire, c'est une sorte de lieu public, non? elle demande.

— Ouais, t'as raison, mais c'était pour la caméra. Je voulais pas qu'ils me demandent de la fermer, on a pas fini notre reportage !

— O.K. ! On continue d'abord !

Cha se lève et me tend la main. On ouvre la porte d'un autre étage qui ressemble davantage à un hôpital normal. On n'a pas croisé de patients encore. C'est louche. Lieu fantôme. Peut-être que les chambres sont dans une autre section. Charlotte me prend encore la main. Elle n'a plus ses gants. Ses doigts sont poisseux comme si elle sortait d'un long bain.

— Lâche mes mains deux secondes puis va explorer les lieux pour le vidéo, j'ordonne.

Je fais un petit tour de tête et remarque une salle d'examen abandonnée. La lumière est fermée. Je ne l'allume pas. Je préfère mettre la caméra en night vision. Charlotte se prend encore pour la professionnelle de la santé et me demande de m'étendre sur le lit de cuir couvert d'un papier blanc cierge. Elle se dirige derrière le bureau. Je la filme toujours. Elle fouille dans les tiroirs. Elle découvre un sarrau muni d'un stéthoscope dans la poche supérieure droite. Elle enfile le veston de science et devient elfe à l'aide de l'outil. Elle s'approche de moi comme un médecin. Elle prend bien soin de décrire chacun de ses gestes.

— Monsieur Sacha le chat, j'*allais* maintenant écouter votre cœur. Attention, je *devais* lever un peu votre chandail…

De cet angle, on peut apercevoir Charlotte dans le LCD. Sa figure est verte en raison du night vision. La contre-plongée la rend plus grande que moi. J'essaie de prendre à la fois des plans de sa figure et des mouvements de sa main. Elle chatouille mon abdomen avec froideur. Elle s'arrête un instant et grimace.

— Ton cœur *battait* bizarrement. Je l'*entendais* comme pas beaucoup, puis il *était* irrégulier.

— Peut-être que c'est parce que j'*avais* pas de cœur. Imagine! Ohhh! docteur, j'*avais* pas de cœur! (Je ris.)

— Peut-être que c'est parce que t'*étais* pas assez amoureux? Attends…

Elle va dans le coin de la pièce vers la boîte de gants accrochée au mur et en extirpe un. Elle l'enfile. Sur la caméra, elle a l'air d'un cliché d'infirmière sadique. Elle s'approche et commence à déboutonner mon pantalon. Elle glisse sa main gantée et me touche. Je filme seulement sa figure maintenant parce que je suis surpris. Je me détends. J'aime la situation. Une fois mort, j'espère que quelqu'un pourra visionner le documentaire cocasse de ma vie cocasse. Charlotte baisse mon pantalon jusqu'à mes cuisses et continue son massage.

— Sacha! Tu me filmes encore?

— Ben, c'est dans le documentaire, non? Bon, attends…

Je mets la caméra à off. Je me laisse tomber sur la table d'examen comme Ewan McGregor dans *Trainspotting* et la scène de l'overdose. Cinq ou six vertèbres de ma colonne vertébrale craquent pendant le mouvement. Charlotte flatte le bas de mon ventre d'une main et me caresse le sexe de l'autre. Le sperme gicle sur le gant. Cha se la joue Riopelle sur le mur.

En sortant de l'établissement, on tombe sur une distributrice de boissons gazeuses. Un vieux modèle noir, pas un nouveau fancy transparent où un bras canadien va chercher la bouteille pour l'apporter dans le trou. J'ai une envie soudaine de Gatorade vert.

— As-tu de la monnaie, Charlotte?

Elle fouille dans son sac à travers les vêtements volés, les vieux papiers et les graines de tabac orphelines.

— Non, j'en ai pas.

Je me recule vers le mur et prends un élan pour frapper la vitre de la distributrice.

— T'es ben fou, osti, Sacha! Qu'est-ce que tu fais?

— J'ai soif, je te dis.

— Ouin j'sais, mais là tu casses tout.

— Ah, toi, tu voles des affaires, pis moi je peux pas!

— Ben, moi je fais pas de bruit…

Je recule pour asséner mon deuxième coup. Une lampe de poche nous pointe du bout du corridor.

— Fuck, Cha!

On court. Encore. Main dans la main. Je plaque la porte de sortie comme un joueur de football et j'accroche au passage une infirmière qui flirtait dehors avec les résidents aux meilleures futures pay grades. Elle tombe. *Hand in hand in a violent life.* Son collègue me crie des insanités. On remonte jusqu'à l'avenue des Pins pour ensuite tourner à gauche et couper par le parc. Au début de l'aire herbée, à peu près à la hauteur de Duluth, je m'échoue à genoux. Je me couche sur le dos. Charlotte m'imite. Nos poumons sont des locomotives. Elle semble moins en détresse que moi. Elle est habituée à l'effort physique. Je veux mourir. Mes articulations m'élancent. J'ai envie de vomir. Deux corps chauds dans l'herbe froide. Nos paumes se collent l'une contre l'autre.

— On va fusionner encore, Charlotte dit.

— À cause des mains, ça?

— Oui, nos deux jus de mains se mélangent, pis là on fusionne. À jamais, genre.

Je me retourne pour lui donner un bec. Elle sent comme un mélange de cuir chevelu et de cupcake. J'ai envie de lécher son cou. Je suis un vampire et ma langue est le petit tampon d'alcool que les infirmières utilisent avant de percer mes veines. J'ai envie d'aseptiser la plaie pour ensuite y planter mes crocs. De toutes petites canines qui ne font presque pas mal. Pas d'iode. Juste deux ponctions dans la jugulaire. Je veux sucer sa santé, son insouciance, comme ça, au milieu du parc, devant les lumières des trois ou quatre presque gratte-ciel du centre-ville. Je désire la vider de sa témérité. Je m'approche de son cou comme un fauve lorsqu'un individu vient interrompre mon geste de prédateur. Il chuchote fort.

— O.K., j'ai pot, hasch, coke, X, dis-moi qu'est-ce que tu veux, je l'ai!

— C'est correct, merci, je réponds avec politesse.

Le dealer est deux fois grand comme moi. Il porte un chapeau aux couleurs de la Jamaïque. Il marche avec une canne en bois. Je crois l'avoir déjà vu à la lumière du jour.

— Heille, Charlotte, la canne, penses-tu que c'est parce qu'il a vraiment de la difficulté à marcher ou c'est plutôt comme un moyen de défense, genre au lieu de se promener avec un batte de baseball?

— J'sais pas! Peut-être qu'il fait juste de l'arthrite, comme mon petit chat de bébé!

Elle se tourne pour s'étendre de tout son long sur moi.

— Ben, le jour où ça va me prendre une canne pour marcher dans la rue, t'es aussi bien de crisser de l'arsenic dans mon café.

Elle prend une pause. Elle me regarde dans les yeux comme si elle venait de voir le messie.

— Si tu meurs, moi aussi je veux mourir. Alors j'vais en mettre dans nos deux tasses! elle déclare.

— Arrête, t'as pas rapport.

J'essaie de combattre son idée, mais en vérité, je suis touché. Elle en remet:

— C'est vrai. Depuis un bout que ma vie tourne juste autour de toi, Sacha. Si tu pars, je veux partir aussi. J'y ai pensé l'autre jour, puis je me suis décidée. Si j'étais obligée de vivre sans toi, j'pense que j'aimerais plus la vie.

À la fin de sa réplique, elle serre ses lèvres en une grimace mignonne et étire ses sourcils à la manière d'Ed Norton dans *American History X* lorsqu'il regarde son petit frère après avoir commis un double meurtre. C'est une expression faciale de *ça-y-est-je-l'ai-dit*!

Il y a un moment de silence pendant que mes molaires pincent l'intérieur rose de ma bouche pour me faire oublier l'eau qui monte dans mes yeux. Elle se met à fredonner doucement une vieille track des Verve : *Cause baby, ooh, if heaven calls, I'm coming too. Just like you said, if you leave my life, I'm better off dead.*

Elle m'embrasse.

— Veux-tu aller au Dairy Queen ? je demande.

— Bonne idée, mais j'ai plus d'argent ben ben sur moi…

— Pas grave. Je te la paye.

Je prends la saveur Kit Kat. Elle, sundae aux fraises.

Terrorisme

J'attends David en face du Club Lambi et je regarde le line-up gonfler. Il y a un show intéressant. On n'a pas de billets. On pensait pouvoir se faufiler, mais sans succès. C'est Charlotte, d'habitude, qui nous arrange des deals avec les doormen. David est en retard. Charlotte, pas là. On se décourage. On retourne chez Dave, mais avant, on arrête pour prendre une pointe de pizza dégueuze. Dans le resto, on entend une chanson en français qui utilise le mot *salope*. Je pense immédiatement à Cha.

L'apparte à Dave : tout est rangé, tout est propre. C'est surprenant, surtout venant de lui.

Il dépose ses souliers dans la tablette à chaussures et ouvre la télévision.

— Il y a peut-être quelque chose de bon qui joue, David suppose.

La télévision s'ouvre sur *La Promesse*. L'image est fade. Il y a un acteur cheap qui pleure et crie comme un désâmé. Émilie m'appelle. Elle n'a rien à faire. Elle va venir nous rejoindre. On ferme la TV.

— Comment ça va à part ça, toi ? Est-ce que ton frère est revenu de Chine, là ? je lance.

— Non, il reste un mois de plusse finalement. Ma

mère capote. Je lui ai annoncé, l'autre jour, qu'on voulait aller passer l'été à New York avec toi pis ta blonde, elle bad-trippait.

— Ouin, ta mère est control freak en osti.

— Je sais, man! Des fois, c'est lourd à supporter. Pis il y a Éliane qui me fait chier aussi.

Son ex, Éliane. La célèbre histoire de cul. Éliane et la banane. Comment ça s'est terminé, donc? Ah oui, Éliane et Yann. Dans une van de band. O.K., Sacha. Ferme ta gueule.

— Ah ouin? Comment ça? je m'informe.

— Je sais pas. On dirait qu'elle m'appelle juste quand elle a un problème. Pis après, elle m'oublie pendant deux semaines.

— Mais veux-tu ressortir avec? Genre, te verrais-tu reprendre avec elle?

— Non, pas vraiment.

— Bon… Tu vois! Ça règle la question, je conclus.

— Je sais ben, mais ça gosse pareil.

Il sonne faux quand il parle d'Éliane. Comme distant. C'est peut-être un mécanisme de défense. David roule un joint sur la table. Il n'y a pas vraiment de cuisine dans l'appartement. C'est plutôt un salon-cuisine. Je ne sais pas ce que Paul et Oli font ce soir. Je ne viens pas souvent chez Dave. Ça sent comme la bouffe bizarre dans le bloc. Genre vieux cari ou vieux rôti de poisson. C'est tout juste s'ils ne dressent pas des drapeaux de l'ONU dans le corridor.

Émilie arrive. Elle se met à crier comme une écervelée.

— Les gaaaaaaars, ça fait teeeeeeellement longtemps que je vous ai pas vus !

Elle nous embrasse sur les joues. Elle dépose un sac
sur le plancher. Elle s'installe à mes côtés. Ses cheveux
foncés font contraste avec le teint de ma peau. Elle porte
un coton ouaté Volcom noir. Elle adore cette brand. Elle
a un quelque chose de skate going on. Je n'arrive pas à
mettre le doigt dessus.

— Ça fait un bout, han, Sach, Émilie me dit avec
des grands yeux luisants.

— Oui, je me suis ennuyé de l'odeur de ton vage.

— Comment ça va, han, vous ?

Émilie nous sert une coupe de rouge. Dégueulasse.
As-tu acheté ce spécial réserve au dépanneur viet d'en
face ?

J'aime ses cheveux. Elle est une sorte de meilleure
amie. Je ne crois pas vraiment à l'amitié gars-fille, mais
la relation entre Émilie et moi est peut-être ce que je
connais de plus proche.

— Pour New York, Dave, est-ce qu'on devrait
prendre l'avion ? je demande.

— La dernière fois, j'me suis vraiment fait niaiser
aux douanes, David répond.

— C'est que t'as le teint foncé d'un Arabe, Émilie
interjette.

— Pis t'as la tête remplie de pensées terroristes.

David prend une cigarette. Il se prépare comme un
stand-up des années soixante et se lance :

— Ça me rappelle en secondaire 4, Sacha et moi…
pis je pense que Paul était de la partie aussi, on avait fait

tout le plan pour mettre du crystal meth dans une réserve d'eau potable. Tous les détails y étaient. D'ailleurs, l'as-tu encore le dossier avec les blueprints pis toute, Sacha ?

— Pas certain, faudrait que je fouille. C'est peut-être dans mon bureau quelque part.

— Attentat au crystal meth ! Très drôle, je savais pas ça !

— On avait pas grand-chose à faire dans ce temps-là ! On avait sûrement trop écouté de Sex Pistols, David conclut.

Dave et moi, on échange un sourire nostalgique. Comme deux détenus fiers de leur presque crime. En vérité, c'était beaucoup plus complexe que ça. Il ne veut pas se le rappeler, mais son père était mort pas long-temps avant. Il était devenu différent pendant un bout. Comme numb. Je n'essaie pas de faire de la psychologie pop, genre ça a mené à ci… Ou machin a mené à ça… Mais bon. Pour ma part, je ne m'en souviens plus trop. J'avais lu ma première biographie de tueur en série à l'époque. J'imagine qu'à cet âge on est facilement impressionnable devant les stars.

Je n'arrive pas à décider si je trouve Émilie jolie ou non. Elle l'est sûrement un peu. Sinon, elle ne serait pas mon amie. Je n'ai pas d'amie laide. Je ne parle pas aux filles laides. Ce n'est pas sexiste. J'adore les femmes. J'adore le maquillage. J'adore quand c'est une fille qui gagne *Survivor*. C'est juste la sélection naturelle, ma sélection naturelle. Charlotte, selon moi, est la plus belle du monde. Peut-être que d'autres la trouvent dégueuze. Tout s'égalise à la fin. Je n'ai jamais touché à Émilie. Il y a toujours eu une tension, mais sans conclusion. On s'est souvent frenchés quand on était soûls, mais sans aller plus loin. Frencher, c'est comme se tenir la main, ça ne compte pas. Je n'ai jamais trop su ce qu'elle pensait de mon potentiel sexuel.

David allume son joint et le fait passer. On devient drôles, comiques et mous. Je suis distrait par mon iPhone pendant un moment. Quelqu'un a posté une pub Yves Saint Laurent sur Facebook. J'aimerais beaucoup ressembler au gars qui porte le gros YSL sur sa poitrine. Je me demande comment la model sur la photo vit son anorexie. Est-ce qu'elle préfère se faire vomir? Ou prendre des laxatifs? Elle est vraiment belle. Certaines filles portent très bien l'anorexie. Parfois, je me dis que je devrais arrêter de manger. Je regarde encore l'image du gars avec son t-shirt à quatre cents dollars. Moi aussi je veux une vache extramaigre avec des troubles agroalimentaires à mes côtés. Je pense qu'il y a une seule boutique qui tient YSL à Montréal. C'est pauvre comme ville quand on y pense. Même pas capable d'avoir sa propre boutique YSL. Tout est dans la Ville reine, ou à NY ou à Londres ou à Dubaï. Il y a fuck all ici. Il n'y a rien à Montréal-ville-boulimique.

Émilie se lève pour prendre son sac. Elle fouille tranquillement à l'intérieur et sort des objets. Un minimiroir, un masque de rat, une facture de psy, un livre. Elle semble chercher son cell ou ses cigarettes. Je ne pose pas de questions. Elle va voir un thérapeute? Je suis jaloux. Elle dépose son livre de poche sur la table à côté du divan. C'est Réjean Ducharme. David ouvre le bal :

— Tu lis *L'Avalé de Laval* ?

— Le classique de Ducharme : *L'Avalé de Laval* ! je répète.

— Ouais, mais c'est pas aussi bon que *Gros Cock* de Gratien Gélinas, Émilie rajoute.

Le THC kick in. Je commence à être ralenti. J'essaie de trouver d'autres jeux de mots pour amuser mes amis, mais mon cerveau est bouetteux. Je cherche des auteurs sur mon iPhone. Ça me déstabilise quand il n'existe pas de wiki sur quelqu'un. C'est comme s'il n'existait pas. J'aime l'habillement d'Émilie. Je m'ennuie de Charlotte. Émilie a des airs de ma porn star préférée. Je pense à ma réserve de porn sur mon ordinateur. Je pense aux trous de Sasha Grey. Les deux. Au pluriel. LES trous. Je regarde le ventre d'Émilie. Je pense aux jambes de Charlotte. La conversation continue sans moi. *Bon Beurre d'occasion. Mario Chapdelaine.* Moi aussi je veux être drôle. *C'est dans ton trou, Laura Cadieux. Les Shafts rapaillés.* Je suis impressionné par David. Je pensais qu'il était instable émotionnellement, qu'il se laisserait abattre par les histoires avec son ex. Il a plutôt l'air de bien se porter. Ou il s'en fout un peu, ou il cache bien son anxiété. Je cache très mal mes angoisses. Pourquoi les autres sont capables de fumer un joint et de dire des niaiseries sans faire des crises internes comme moi ? Je déteste la drogue. Je pense au goût intime de Charlotte. Tout le monde m'haït. Il y a la nouvelle scène de Sasha Grey qui downloade chez moi en m'attendant. Est-ce que quelqu'un est déjà mort d'une overdose de pot ? Une amyloïdose est refugiée dans mon cœur. Je meurs. Je me décline. J'ajaunisse.

J'agonise. *Tandis que.* À quand le deuxième volet du home video avec Charlotte ? Je suis tellement vieux, ridé, blasé. Pas capable de fumer un peu de pot sans capoter. Je me lève sur le divan avec le torse bombé et chante Jean Leloup qui chante Nelligan :

— *Ah ! comme la dèche a déché ! Ma verge est un jardin de grives. Ah ! comme la dèche a déché ! Qu'est-ce que ce spasme de vivre.*

Choses à essayer ensemble :
— Faire une overdose
— Faire des photos porns
— Partir sur le pouce (pas dans l'Ouest)
— Avoir juste des amis chats (de race)
— Des bengales surtout
— Tuer quelqu'un
— Vivre un an dans un chalet
— Avoir chacun notre psychologue
— Ne pas se survivre l'un à l'autre
BB — Entrée 18

Charlotte 2

La seule lumière provient de mon ordinateur. On est assis sur le lit et on regarde YouTube. Il est minuit. Je suis sur le point de m'endormir. La crème glacée Kit Kat m'a gonflé le ventre. Je devrais prendre un rendez-vous avec un gastroentérologue. Charlotte gère l'ordi. Je flatte le bas de son dos. Pas tant pour le fun de flatter, mais plutôt comme un mantra qui m'aide à m'endormir. Sa position me fait voir un peu son slip qui dépasse juste sous son tatouage. Son tramp stamp de Nirvana. Ça ne me fait pas vraiment d'effet, je suis épuisé. Cha me montre des combats d'animaux. On a vu crocodile contre tigre, ourse contre caribou et hippopotame contre requin — je l'avoue, ce dernier était en dessins animés. J'aime bien savoir lequel est le plus fort. Une sorte de UFC d'animaux. Ça me rappelle Paul qui m'a dit, la semaine dernière, qu'il avait beaucoup plus de respect pour un écureuil que pour un poulet. Confrérie des mammifères oblige.

— Heille, Cha, cherche un animal fucké, comme gerboise ou lémur, mettons, je propose.

— Un lémur ! Sti que c'est laite, ça !

Elle commence à taper *lémur* dans Google, mais n'utilise pas l'accent aigu. La fonction de l'historique dans mon ordinateur montre les choix déjà recherchés commençant par LE. Charlotte cesse de taper *lémur* et regarde les choix : *lee, leopard, lesbian emo, lesbian porn, le tigre, lettres de papier.* Elle me regarde en riant, comme si elle venait de découvrir un gros secret. Comme un détective qui découvre l'arme du crime. Comme Columbo, mais en moins attardé.

— Ahhh ouin, *lesbian porn* ? elle s'esclaffe.

Je ris parce que je ne sais pas quelle autre réaction me permettre. Elle clique sur les mots et commence la recherche.

— Fait que c'est ça que tu checkes quand tu te touches ?

Elle regarde des photos de pornographie lesbienne. Elle en sélectionne quelques-unes pour les agrandir.

— Es-tu malade ! Ça, c'est de la porn de bas étage. Genre des filles avec des fakes tits qui crient ben trop, je dis.

— J'aime ça, moi, quand ça crie un peu, elle répond.

— Ah ouin, alors tu t'y connais, toi aussi, ça veut dire ?

— Ben là, pas comme toi, ç'a l'air.

— Si tu veux, j'peux t'en montrer de la vraie bonne.

— Ouin, vas-y donc ! elle rit.

Je me redresse dans le lit et prends le contrôle du laptop. Je ne ressens plus la fatigue. Mon disque dur externe n'est pas connecté. Je dois me contenter des quelques vidéos emmagasinés dans mon ordi. Je lui montre celui que je me suis procuré l'autre soir. Celui d'une blondasse en sexe anal maison avec son chum.

— Han? T'as des vidéos comme ça? J'veux dire…
Le monde font vraiment ça? Se poster de même? elle
demande.

— Je suppose que oui!

J'arrête le vidéo.

— Non, laisse-le! Je veux le voir jusqu'à la fin.

Elle regarde sans dire un mot.

— J'en avais jamais vu un aussi réel. T'sais, la fille a
l'air de jouir pour vrai.

Je ne sais pas trop comment aborder le sujet. On
n'en avait jamais vraiment parlé avant.

— Mets-en un autre! elle s'énerve.

— O.K., mais quel genre tu aimerais, mettons? je
m'informe.

— Un autre comme ça! Ça m'excite qu'on en
watche ensemble.

Bon. Auf Wiedersehen fatigue. Ça vaut vingt-cinq
Red Bull, ce qu'elle vient de dire. J'en fais jouer un autre.
Un jeune couple allemand baise dans une cuisine. Sur la
chaise, la table, le comptoir. Un concombre, des ustensiles, une brosse à dents électrique.

— Tu regardes-tu ça à chaque soir, Sacha?

— Ben non, là! Pas chaque soir, juste des fois…

— Tu as seulement ce dossier-là sur ton ordi?

J'ai plusieurs disques durs externes bien remplis.

— J'en ai pas beaucoup. Sérieux.

Mon ordinateur ne m'intéresse plus présentement.
Je n'ai de pensées que pour le cul de Cha. Je m'essaie avec
une première feinte:

— Bon, on arrête de regarder ça? Je suis tanné.

Je prends le portable et le pose sur mon bureau. Je rebranche le pouvoir, le disque dur dans le port USB et le fil pour le son. Je ne dépose jamais mon ordinateur à sa place sans tout ranger.

— Je pense que je vais me coucher, Charlotte. J'me sens un peu fatigué depuis tantôt.

— D'accord. Assez de porn, là.

Je ferme la lampe, prends une gorgée d'eau et me lance sous les couvertures. Je reste tout habillé. Je ne veux pas vraiment dormir. Rien ne se produit pendant quelques secondes. Je ne bouge pas. Je ne respire presque pas. Devrais-je commencer? J'espère que non. J'ai envie d'être désiré. Je veux que les films fassent effet. J'attends. Quelques secondes passent. La main baladeuse de Charlotte remonte enfin le bas de mon ventre comme une araignée et glisse sournoisement dans mon pantalon.

— J'ai envie. Je reviens dans deux secondes.

Cha se lève, sort de la chambre et se dirige vers la salle de bain. Elle laisse la porte entrouverte et un filament de lumière s'installe dans la pièce. Je sors de la chaleur des couvertes pour ouvrir iTunes. Je zyeute ma sélection. Je veux être caché dans mon nid avant le retour de la reine. Je choisis Ladytron, l'album avec le dessus blanc et rouge. La porte se referme. Charlotte saute dans le lit et m'embrasse avec énergie. Elle pose mon sac sur le matelas. Elle se dévêt et enfile les bas volés de cet après-midi. Mes yeux sont ronds comme des gommes casse-gueule devant les nylons rayés.

— Regarde ce que j'ai trouvé dans le corridor. (Elle me montre.)

— Oui, mon sac, félicitations !

— Oui et avec quoi…

Elle pige à l'intérieur et prend la caméra.

— On a pas fini le reportage de tantôt, Charlotte dit.

Elle retire le protège-lentille et regarde sur le côté pour mettre le night vision. Elle continue de parler. Je n'ajoute rien. Je me sens passif.

— On aurait dû acheter du weed au dude du parc tantôt, ça fait chier ! elle se plaint.

— Ouin c'est plate. J'étais certain d'en avoir encore un peu, je mens.

— Pas grave, j'aime mieux toi que le pot !

Elle me dit ça comme si c'était un grand compliment.

Elle tend le bras afin de filmer nos profils en train de s'embrasser. On regarde le LCD pour voir de quoi on a l'air. Le night vision fait ressortir les veines de notre peau. Je ne savais pas qu'il y avait tant de veinules dans les seins des filles. Je suis laid sur la caméra. Maigre et chétif. On dirait que mes os attendent l'occasion de se briser, de s'égrainer, de transpercer ma peau de leurs bouts pointus. La musique est enivrante. Si j'avais un band, j'espère que mes albums serviraient parfois à la soundtrack de porno maison. J'ai l'impression que la scène se déroule avec une teinte verdâtre comme dans le LCD. C'est un feeling semblable au fait qu'on s'imagine qu'Adolf lui-même voyait les Jeunesses hitlériennes en noir et blanc lorsqu'il s'adressait à elles dans *Le Triomphe de la volonté* en 1935. Comme si la caméra de

Leni Riefenstahl dépictait l'exacte couleur de la réalité au congrès de 1934. Charlotte et moi alternons dans le rôle de caméraman. Je prends surtout des plans réactions de sa figure toujours sur la fine ligne de la jouissance. Elle a des petits spasmes lorsque je la touche. Une sorte de frisson, mais en plus coquet. Un animal vierge. Agneau contre renard. Je filme son visage. Ses yeux fermés. Sa respiration. Sa bouche entrouverte. On peut apercevoir le bout de ses dents. Ma main gauche s'occupe de la Handycam. Ma main droite est bien agrippée dans son entrejambe. Mes pupilles font l'aller-retour vitesse Concorde entre les deux foyers d'attention. Il n'existe plus rien en dehors des quatre murs de cette chambre. Une île déserte. *Lost. Blue Lagoon.* Si j'ouvrais la porte maintenant, j'aurais les deux pieds ensevelis dans le sable. C'est une salle d'entraînement intemporelle. C'est *Dragon Ball.* Je suis super saillant. C'est le combat torride d'Anakin et Obi-Wan dans *Star Wars III* au milieu d'une mer de lave.

— Fourre-moi, Sacha. Maintenant. Tout de suite. Je veux ta queue dans moi, elle ordonne.

À vos ordres, Sa Majesté. L'entendre parler comme ça, c'est indescriptible. Je ne sais pas quoi en penser. C'est meilleur que toucher, regarder, goûter. Je ne voudrais jamais devenir sourd. Je pourrais arrêter de rire pour toujours, mais je voudrais encore entendre les explications de tes larmes, Charlotte.

Je dépose la caméra sur mon bureau et je m'assure que l'angle convient. J'essaie de ne pas trop focusser sur les bas rayés qui lui montent aux cuisses parce que je vais venir en deux secondes. Je n'ai plus d'yeux. Je suis une fourmi solitaire à l'écoute des ondes de son amie insecte. Charlotte m'attend sur le ventre en se touchant. Je n'ai plus de cerveau. Je suis un mammifère dans un chalet hissé au sommet d'une falaise dans une peinture d'Eugène Delacroix. La caméra est fixe. Seuls nos corps bougent. La chaleur est barbare. Mes oreilles et mes joues sont d'un rouge cinquième maladie. Je tente de la baiser de toutes mes forces. Je veux lui voler sa nonchalance. Je veux exorciser le démon du je-m'en-foutisme. Je veux mieux la comprendre. Je veux être son clone. Avec les mêmes mouvements, les mêmes pensées. J'approche ma tête de la sienne et entre ma langue au plus profond de sa bouche. Le coup fatal. Je dois inspirer le restant d'esprit de ce corps. Je dois sucer le mélodrame. Ladytron recommence. *Cracked LCD.* Charlotte pousse un cri comme jamais je n'en ai entendu. Ses jambes se raidissent et son corps se crispe. Je me retire. Le lit est trempé.

— Non, va-t'en pas, elle me supplie.

Sa poitrine et ses bras sont moites. Une pulsion me demande de prendre une grande léchée de sueur sous son bras droit. Son aisselle a une minuscule repousse de poil qui me picote la langue. Charlotte me prend et me projette violemment sous son corps pendant que j'essaie de comprendre la déclinaison de saveur âcre entre la sueur et le déodorant. Elle entre sa langue dans le creux de mon oreille et me chuchote :

— Est-ce que tu m'aimes ? Un ton essoufflé.

— Eeeee… profondément ?

— Est-ce que je peux essayer quelque chose ?

Elle frotte ma bitte contre son vagin pour en recueillir le lub naturel et se l'enfonce ensuite dans le cul. Je me laisse faire. Elle est sur moi. Je le fais. Elle me le fait. Je filme. La musique se répète.

La lutte se termine. Elle a gagné. Elle est plus forte que moi. Chat mignon masculin contre féroce carcajou femelle. Je prends une presque croquée de son épaule avant de retomber sur mon côté. Ce ne sont plus les fantasmes des autres sur caméra maintenant, ce sont les miens. Pas besoin des souvenirs de mon cerveau pour que la nostalgie me fasse savoir que je ne retomberai jamais aussi amoureux qu'aujourd'hui. J'ai le print. La pellicule vidéo est l'extension de ma mémoire (voir *Understanding Media*, Marshall McLuhan).

Après ce soir, ma vie commence à s'arrêter.

— Penses-tu que ton sperme a un goût unique que je reconnaîtrais entre mille? Charlotte demande.

— De quoi tu parles?

— Ou ben penses-tu que ma plotte goûte juste moi, genre?

— D'après moi, c'est une question de branding, là. Pepsi pis Coke, les yeux bandés, ça goûte la même criss d'affaire. Tes papilles sont influencées par la personnalité des marques.

— Ben, tu dois m'influencer, parce que je trouve que tu goûtes bon!

Je ne parle plus. J'oublie de fermer la caméra. J'oublie de fermer l'ordi et la musique. Pour une fois, je n'ai pas mal aux os. Je m'endors.

La nuit passe.

Le matin, je suis réveillé par Charlotte.

— Je regarde notre beau film d'hier depuis son début. C'est pas mal drôle !

Je rigole, encore un peu endormi.

— Voir mon corps comme ça ! C'est cent fois mieux que de la vraie porn, elle déclare.

— Je sais pas, j'ai pas eu l'occasion de visionner encore.

Elle dépose la caméra puis vient me rejoindre dans le lit.

Gentiment cette fois-ci.

Charlotte s'habille rapidement pour l'école. Elle est en retard. Elle cherche une boucle d'oreille manquante.

— Toi, chila ? Qu'est-ce que tu fais aujourd'hui ?

— Deux cours. Veux-tu venir me rejoindre après ?

— Oui ! On pourrait faire voler des cerfs-volants-chats ou dessiner des cacomistles en craie ? Il fait beau ! Texte-moi quand tu seras prêt, faut que je parte, là…

Elle court dans le corridor. Je l'entends mettre ses souliers.

— Veux-tu de quoi à manger avant de partir ? je crie.

— Pas l'temps ! Hier, je t'ai laissé un reste de salade de poulet, si tu l'veux. Pis tu peux boire mon jus aux fruits passionnés dans le frigo aussi !

La porte claque et je niaise à somnoler dans mon lit. Dans un rêve, je frappe Charlotte à grands poings fermés. Ça me réveille.

Biologie

Je change de position toutes les cinq minutes. Je le fais doucement pour ne pas trop faire de bruit. Je ne veux pas déranger toute la classe. On est environ soixante étudiants dans la salle. Le professeur est en bas sur une scène. Il fait cligner des PowerPoint. Il parle dans un micro fin comme celui de Bob Barker. L'air climatisé est trop puissant et m'oblige à garder mon coupe-vent. Le nylon du manteau versus le bois de la chaise versus la position idéale impossible = triple threat match fuckin' bruyant. Je ne sais même pas sur quoi porte le cours d'aujourd'hui. Ça sent le bois poussiéreux mélangé avec les vieux souliers. Ça me rappelle l'odeur du pavillon des DEP au secondaire. J'étais obligé de passer à travers les émanations d'ébénisterie pour aller à mon cours d'enseignement religieux. Je ne sais pas si le pire était la senteur ou les attardés qui riaient de mon habillement. J'avais toujours envie de leur signifier poliment que je préférais avoir une chemise Club Monaco et des jeans troués que des boutons blancs dans le cou. Mieux encore, que je remerciais ma mère de s'être abstenue de boire pendant qu'elle me portait. J'en ai parlé à mon père une fois et il m'a dit que je ne devrais pas dénigrer le *peuple*.

Le professeur, la voix monotone et un peu enrhumée :

— Est-ce que tout le monde a lu le chapitre sur Darwin ?

Il change de diapo et continue sur le même ton. Un énorme lézard est projeté sur l'écran.

Marc, l'étudiant fatigant aux commentaires infinis, lève son bras :

— Moi, j'avais une question à propos des paons.

Il m'énerve. Pourquoi il faut qu'il pose des questions sur tout constamment ? Pour étaler son savoir ? Entendre le son de sa propre voix ? Son nez est luisant de sébum. Je mords l'intérieur de ma lèvre. Je lui enfonce mon stylo à pointe fine dans les poumons. Cadeau à l'humanité. Le prof répond à la question, mais je n'écoute plus. Je pense à Dexter. Je pense à Ramirez. Je pense à Ted Bundy. Mon père a quelques scies dans le garage. Je pourrais en glisser une dans mon sac avant de partir pour l'école. Je me demande si c'est assez pour tuer. Scie comme arme de meurtre. Est-ce qu'on pourrait soupçonner *Mister Sacha* dans la *School* avec la *Saw* ? Quand je parle de scie, je ne parle pas de chain saw ou autres trucs de films d'horreur, je parle d'égoïne bien longue et bien molle.

Le prof blablate dans le vide. Je sais déjà tout ce qu'il radote. Mon père est microbiologiste. Sa compagnie fait de la recherche. En fait, c'est un peu la raison pour laquelle j'étudie dans ce programme. Mon père veut me trouver un emploi et me léguer ses parts dans l'entreprise à sa retraite. C'est son plan. J'aime bien les sciences.

Elles ont été omniprésentes tout au long de ma vie. Pas sûr d'en entretenir une immense passion. Pas sûr d'avoir une passion pour *grand-chose*. Je suis ici pour l'argent. Pour le job assuré. Pour mon père. Pour la facilité. Sa Majesté. Et le reste. So help me God.

Les gens me font chier avec leurs questions. La fille en face de moi a tellement des gros seins. Elle aurait quelques kilos à perdre, mais elle a un beau visage. La classe se poursuit. Je regarde la fille. Je me demande comment elle serait dans mon lit. Est-ce que c'est le genre de femelle que j'aimerais mieux par en avant ou par en arrière? Elle se gratte le genou. Son vernis bleu donne une allure vraiment épaisse à ses ongles. Imaginons-la au Moyen Âge, punie pour un vol de pain. Trop facile de la torturer avec des pinces arracheuses de griffes! J'ai vu une émission au Discovery Channel qui décrivait les moyens de torture des différentes époques en commençant par les Romains. Je ne sais pas ce qui m'effraie le plus. Crucifixion ou Iron Maiden? Impossible de mourir vite dans les deux cas. La crucifixion est trop exposée. Le soleil, les corneilles, les gens qui me regardent. Le vent fait tomber mon drapé. La foule voit mon pénis. Douleur et gêne. Son état le plus rabougri. Jésus était plus courageux que moi. Il n'a pas eu peur de montrer son shaft, lui.

Je regarde l'heure. Les minutes sont longues. J'ai chaud aux pieds. Je voudrais enlever mes souliers, mais c'est difficile de ne pas puer avec ces bottes John Varvatos là. Je regarde encore les seins de la fille. On dirait qu'ils veulent sortir de sa camisole.

— Est-ce que quelqu'un a d'autres questions ? Parce que je pensais terminer sur cette note pour aujourd'hui et reprendre la semaine prochaine, le professeur dit.

Je regarde mon ennemi questionneur en espérant qu'il se la fermera. Il ne dit rien. Je ne serai pas obligé de lui jeter un mauvais sort. Vaudou free pass jusqu'à la case Go, vous récoltez un *continue-de-fermer-ta-gueule*. Les étudiants se lèvent en rangeant leurs cahiers et crayons. Pas besoin de mettre mon manteau, je le porte déjà. J'en profite pour faire un détour devant la fille qui m'a distrait durant le cours. Je passe en la dévisageant. Elle me le rend avec ardeur. Je ne connais pas son nom. Je fais semblant que je n'ai pas beaucoup de place pour circuler et donc mon coude n'a pas le choix de frôler son sein droit. Péché. Il est plus ferme que je pensais. Mon téléphone vibre dans ma poche. C'est peut-être Dieu qui veut me chicaner ? Je prends mon cell. Oui, Père ? C'est juste Charlotte finalement : *g fini plus tot, t ou.* Je vais répondre en sortant, ça va me donner un air occupé. Vers la porte, le professeur m'interpelle :

— Sacha ? Est-ce que je peux te parler quelques minutes ?

Il retourne vers le bureau et fouille dans une pile de papiers.

— Ton dernier travail est décevant… Et depuis quelque temps, tes absences et ta distraction m'inquiètent un peu.

Il me remet la feuille. C'est ma recherche. Elle est mitraillée à l'encre rouge.

— Oui. Je me sens un peu fatigué dernièrement.

— Je comprends, il dit avec sa voix radio-canadienne des années soixante. Les sessions d'université peuvent être exigeantes parfois. Tu sais, Sacha, je ne ferais pas un tel cas avec un étudiant normal. Un ou deux devoirs ratés, c'est pas la fin du monde. Mais les professeurs et ton père ont beaucoup d'espoir pour toi. Nous voulons te pousser parce que nous savons que tu es capable de grandes choses.

Professeur René a déjà été consultant pour mon père. La compagnie donne beaucoup d'argent au département. Il continue :

— Est-ce que tu es fatigué parce que tu dors pas bien ou parce que tu sors trop ?

— Je sors pas tant que ça.

— Tes amis sortent trop, eux ? Peut-être que ça te déconcentre ?

— Mes amis sont occupés à l'université aussi, ils ont pas vraiment le temps de déconner.

Si j'étais Pinocchio, je serais en train de le poignarder dans la bouche avec mon nez. Il ne reste que Marc dans la salle. Il attend avec son cartable contre la poitrine. René l'ignore.

— Oui, je sais, mais disons que je parlais plutôt de ton amie avec un *e*.

Mon amie l'ecstasy, je pense en souriant dans ma tête d'*hypocrite-qui-fait-des-jokes-de-drogue-mais-qui-n'en-prend-presque-pas.*

— Charlotte a rien à voir avec mes résultats scolaires.

À part le fait que j'aime mieux étudier entre ses jambes que lire sur l'évolution. Je continue :

— Je promets que je vais faire des efforts dans les semaines à venir. T'as raison, là, j'avais pas réalisé. J'ai laissé aller un peu.

Du mea-culpa. Toujours bon pour se faire foutre la paix. L'impatient, à côté, lève les yeux au ciel. Une autre grimace comme celle-là, j'aiguise mon nez de bois et je lui crève une gosse.

— T'es un bon gars, je savais que tu comprendrais ! Lis le chapitre 8 pour la semaine prochaine. Je suis sûr que ça va t'intéresser.

— Oui, j'en doute pas !

Je sors de la classe en vitesse pour ne pas lui laisser le temps d'en rajouter. J'ai la bouche sèche. Je n'ai pas de gomme. J'espère que je n'ai pas mauvaise haleine.

Je déteste quand les gens essaient trop de s'occuper de moi. Pas Charlotte, mais les autres. Elle, je me souviens des trois jours qu'elle a passés à mon chevet d'hôpital l'an dernier. Sa présence m'a mieux guéri que tous les tubes, solutés et piqures. Cha a le droit de me soutenir. Je n'aime pas l'aide des autres. Je choisis la noirceur. Je choisis le Iron Maiden.

Je suis dans le corridor et je repense à ma conversation avec René. C'est tout juste s'il ne me lançait pas un *l'avenir appartient à ceux qui se lèvent tôt* par la tête. Je vous ferai remarquer, monsieur le professeur, que si je me fie au jonc à votre doigt et, donc, à votre allégeance catholique, il faudrait plutôt dire *l'avenir appartient à ceux qui ne se lèvent pas, qui ne se lèveront plus jamais, et qui sont au paradis.* Je me demande ce que j'aurais pu lui dire de plus. J'aurais pu être baveux. Partir dans un élan blasphématoire et rebelle pour ensuite claquer la porte. Je suis resté calme. Avec le temps, je commence à penser que la vraie force de l'insurrection réside dans la politesse. On dit que la plus grande ruse du démon est de laisser croire qu'il n'existe pas. S'excuser, attendre, pardonner, sourire. Évaluer le bon moment pour enfoncer le glaive dans les poumons de celui qui dort. Bon, assez fantasmé sur le perçage aujourd'hui. Charlotte m'a texté deux fois pendant ma discussion. Elle est venue me rejoindre à l'université. Elle est dehors en face de l'entrée principale. En marchant pour la rejoindre, je croise quelques amis d'école. Je les salue d'un mouvement de tête. Charlotte est là, elle fume une cigarette. Elle se démarque des autres étudiantes. Les gens la regardent. Elle ressemble à une jumelle Olsen. Grandes lunettes et chapeau-tuque. Madame la fashion star au milieu du département des sciences. Elle s'excite en me voyant et me saute dans les bras.

— Chat! elle hurle.

Elle sent bon. Vanille. Savon. J'aime ça.

— Qu'est-ce que tu fais ici? je demande.

— Ben là, je suis venue te voir. T'es pas content?

— Ouais, c'est l'fun, mais j'ai un autre cours tantôt, j'ai pas full de temps.

— Ah.

Elle ne dit rien. Elle fume. Je continue à parler. Je déteste ce genre de silence.

— *Ah?* Ça veut dire quoi ça? je lance.

— Ben rien, mais je pensais que tu voudrais peut-être venir te promener avec moi.

— Ouin, ça me tente, mais en même temps, je peux comme pas manquer mon cours.

— T'es con… Viens donc avec moi, là ! On va aller flâner !

— Sérieux, Charlotte, j'aimerais ça, mais je viens de me faire pitcher d'la marde par mon prof pour mes *absences,* puis je sais pas… J'ai pas envie de faire de vagues, toute la gang connaît mon père.

— Ton père te chicane jamais, tu l'sais ben.

— Ouin, pourquoi tu penses ? Parce que je le déçois jamais.

Elle ne répond pas, alors je poursuis :

— Ah ! Arrête de bouder, chat de chat ! On va se voir tantôt. Au pire, va te promener un peu, pis après on ira bouffer ?

— Pis si j'appelle pour une alerte à la bombe ? Ton cours va être annulé ?

Je regarde autour pour voir si quelqu'un a entendu ça. Elle m'embrasse et mord ma lèvre inférieure.

— Faut vraiment que je rentre, là. Je vais être en retard.

— O.K. Je vais me trouver de quoi à faire. Il commence à quelle heure, ton cours ?

— Dans genre dix minutes. Je t'aime, tu sais ? je dis.

— Moi plusse ! elle répond.

— J'te crois pas.

— Un jour, je vais te le prouver, elle promet.

— J'ai hâte de voir ça !

J'ai envie de flancher. Je retourne à l'intérieur. Je résiste. Je marche vite. Je déteste être assis à l'avant. Ce n'est pas pour faire une démonstration adolescente de statut social, mais bien parce que je n'aime pas qu'il y ait des gens derrière moi. Streetwise, motherfucker.

Il reste quelques minutes avant le début du cours et les gens se racontent leur fin de semaine dans les bars de la ville. L'un a vomi plus que l'autre, l'un s'est pogné plus de transsexuels que l'autre, l'un a joué aux Sims plus que l'autre. J'aurais dû partir avec Cha. Je me sens coupable. Je lui achèterai des chocolats avant de la rejoindre tantôt. Elle aime bien quand je lui donne des chocolats. Je pourrais l'amener au restaurant aussi. Des sushis, genre. Je ne devrais pas lui faire de peine, jamais.

Le professeur :

— Tout le monde ! Un peu de silence, s'il vous plaît ! Aujourd'hui, nous avons un cours chargé. Je suggère de ne pas trop perdre de temps avant de commencer.

Je sors mon cahier de notes. J'écris la date et le titre du cours en haut d'une page vierge. Il continue :

— L'abdomen du corps humain est la région située entre le thorax et les hanches…

Quelle épicerie tu fréquentes?

Ils viennent d'ouvrir le nouveau Metro. Il est grand. On s'y perd. Charlotte me tient par la main. On est à peine entré dans la section des fruits et légumes et on le sait. On sait que c'est notre nouvelle épicerie préférée. L'air climatisé est à point, l'éclairage rend les aliments meilleurs, les employés sont souriants. Il y a des ailes de poulet en vrac. Il y a des pétoncles et des crevettes en vrac aussi. C'est facile. Il s'agit de prendre un sachet en plastique d'une main et la minipelle de l'autre. Les plats préparés ont l'air tous plus succulents les uns que les autres. Ça fait une demi-heure qu'on y est. On fait le tour. On s'embrasse dans le rayon des mélanges à gâteau. On lit toutes les étiquettes attentivement. Même si on s'est chicané hier, avant-hier ou la semaine dernière, l'épicerie nous réconcilie. Charlotte est comme une enfant devant les friandises et les desserts. Moi, j'ai la carte de crédit. On flâne. On fait les allées dans le désordre. On oublie un ingrédient. On revient. On retourne. On est mal organisé. On ne sait jamais ce qu'on veut. Tout croche. Je dois marcher lentement parce que j'ai mal aux hanches. Charlotte me flatte le dos. Elle court vers le frigidaire.

— As-tu vu, chat? Ils ont reçu le yogourt au dulce de leche! elle dit.

On marche jusque chez moi avec les sacs réutilisables. On range tous les aliments. On a oublié d'acheter la sauce pour mariner le poulet. Du piri-piri. Finalement, on va manger au resto portugais. Tout est toujours tout croche.

C'est la première fois que je subis une prise de sang
et j'ai peur.
Sacha, viens aider ton chat.
Demain on part pour l'Italie.
BB — Entrée 40

Julia

Le temps passe. Les feuilles des arbres commencent à changer. Ce soir, Charlotte doit nous amener voir le spectacle d'une amie. La fille a un band électro, je ne suis pas trop au courant. Je n'ai pas appelé Paul parce que ce genre de soirée ne l'intéresse pas. C'est awkward quand il doit se trouver une raison bidon pour choker, alors je préfère ne pas l'inviter. J'ai même hésité à appeler David. C'est loser quatre gars qui débarquent dans un party ensemble.

Olivier est chez moi. On boit de la Guinness.

— C'est quoi le show qu'on va voir à soir, Sach ? Oli demande.

— Je sais pas trop… C'est Charlotte qui veut aller là. Je pense que c'est le band à son amie.

— C'est qui la fille ? 'Est-tu hot ?

— Aucune idée, sérieux. Je sais même pas son nom.

— On pourrait se la pogner.

Je ne sais pas s'il s'agit d'une blague ou non, mais il utilise souvent le *on* comme sujet de verbe lorsqu'il parle d'une fille. *On pourrait la baiser,* ou encore *on pourrait la prendre par en arrière.* Peut-être que son côté anglo saisit mal les pronoms. Veut-il vraiment qu'*on* la prenne par en arrière ? À deux ? Je suis quelqu'un d'ouvert, mais il me semble que c'est un peu gay, non ? De toute manière, là n'est pas la question, il s'agit encore d'une façon prétentieuse d'essayer de m'inclure dans un projet de baise qu'il sait qu'il a davantage de chances de réaliser. Le *on* désigne inévitablement un gagnant et un perdant. Je crois bien me souvenir d'une tournure de phrase semblable lorsqu'il m'avait montré Charlotte au bar pour la première fois. Encore, je lui pardonne. Je doute qu'il soit assez intelligent pour penser à ses propres actions. Il n'est pas tordu. C'est un simple. Il ne comprend pas ses propres émotions suffisamment pour les conceptualiser. Je lui réponds :

— Ben, *toi*, tu pourrais sûrement *te* la pogner à ma place parce que moi, je vais être avec Charlotte.

— Ouais, on va voir de quoi elle a l'air avant de trop spéculer.

— Mais comment elle m'a été décrite, je pense qu'*on* va pas être déçu.

Ma canette de bière est presque terminée.

— Qui d'autre va être là-bas, le sais-tu ? demande Olivier.

— Je suis pas sûr. C'est louche, la place où on va. C'est pas affiché. C'est dans un édifice abandonné.

David arrive dans l'appartement un peu essoufflé :

— Paul est pas avec vous autres ?

— Non, il reste chez lui pour écouter des sitcoms pis fourrer sa blonde, Olivier répond.

— Je le comprends, surtout après avoir vu ses gros totons au dernier house party, David ajoute.

Mon téléphone vibre. Charlotte m'a texté : *T'en viens-tu chat de merde ?* Je réponds amicalement : *J'arrive petite pisse féline.*

— O.K., on arrête de fantasmer sur les blondes de nos amis pis on décrisse ? je dis.

On arrive en taxi dans un endroit peu commun du Vieux-Montréal. La place est presque impossible à trouver. David a dirigé le chauffeur avec son iPhone. Quelques personnes bien fringuées fument, attroupées devant la porte. Je texte Charlotte : *On est en bas.* David veut s'allumer une cigarette. Il demande du feu à une grande fille aux cheveux noirs. Elle lui prête un briquet sans même le regarder. Elle parle avec un gars qui lui ressemble, seulement, avec un peu plusse de barbe. Le mec porte des jeans tights avec des shoes Christian Dior qui lui montent aux chevilles. Une grande camisole blanche lui pend jusqu'aux genoux. Charlotte descend l'escalier de béton main dans la main avec une grande fille aux yeux perçants. Olivier dévisage leurs mains empoignées et me regarde pour deviner ma réaction. Je fais exprès de ne pas en avoir. Je suis cool. Charlotte parle en premier :

— Sacha, je te présente Julia. C'est elle qui va chanter ce soir !

David lui serre la main comme si on était dans les années cinquante.

— Dave, est-ce que je peux avoir une clope ? Charlotte demande.

David sort le paquet et lui remet une cigarette. Charlotte l'allume et, sans même prendre une inhalation, la met directement dans la bouche de Julia.

— Ben là, Charlotte ! T'avais juste à le dire, que c'était pas pour toi, je suis sûr que David aurait été aussi généreux envers Julia, je dis en faisant un grand sourire de courtoisie à notre nouvelle amie qui me le rend bien.

— C'est que moi et Julia on partage tout !

Charlotte reprend la smoke. Julia a de longs cheveux foncés. Ce n'est pas un signe d'originalité ce soir. Sa beauté équivaut sensiblement à celle de Charlotte. Alors que Cha pourrait être pornographiquement castée aux côtés de Casey Parker ou de Brandi Belle, Julia ferait parfaitement l'affaire dans une scène torride avec Liz Vicious ou Mandy Morbid. Julia est plus sombre. Moins blonde. Moins *happy-bday-misteur-prez*.

— Bon, nous autres on monte, les boys, venez-vous ? Charlotte lance.

Olivier fait sa face de *je-n'aime-pas-trop-trop-cette-place*. Les filles ne doivent pas encore l'avoir assez remarqué à son goût. Je lui donne une tape dans le dos et je lui chuchote :

— Quand même hot la fille Julia, han ?

Il n'a pas le temps de me répondre. Je sursaute parce que Julia me prend par l'épaule derrière moi :

— Alors, Charlotte m'a dit que tu étudies en bio ?

— Ouais, depuis un an et demi, je réponds.

— J'aimais ça les sciences quand j'étais jeune. Mon père, moi, est médecin.

Son haleine sent l'alcool et les fruits. Je regarde ses seins pendant qu'elle me parle.

— Ah ouais ? J'avais pensé appliquer en médecine aussi, mais j'ai changé d'idée, j'ajoute.

Plus on s'approche de la porte, plus il y a une odeur de moisi mélangée aux différents parfums épicés des gens. *Antidote* de Viktor & Rolf. *Opium* d'Yves Saint Laurent. Jean-Paul Gaultier *2*. *New Haarlem* de Bond No. 9. Une fois en haut, il faut traverser un long corridor. Un type aux cheveux rasés avec un verre de contact bleu et un blanc nous montre le chemin avec sa lampe de poche. Il est habillé d'une chemise blanche et d'une mince cravate en cuir. Le néon au plafond clignote et je m'imagine dans le jeu vidéo *Silent Hill*. Un seau est déposé dans un coin pour recueillir les gouttes d'eau qui tombent inlassablement d'un tuyau à découvert. Je n'arrive pas à voir si la chaudière est nécessaire parce que la plomberie suinte ou parce qu'elle est percée. Au bout du corridor, une porte s'ouvre sur une pièce remplie de fumée et de stroboscopes. Julia s'approche du portier, un Black six fois gros comme moi, et lui chuchote quelque chose à l'oreille en nous pointant. On peut entrer sans payer. Le titan de la porte nous étampe le poignet. L'endroit est bourré. Plusieurs filles portent des leggings, des roses, des argentés, des léopards. Quelques-unes semblent plus gothiques que les autres, mais ce ne sont pas des cas lourds. Charlotte et David se ruent vers le bar pendant qu'Olivier les rejoint tranquillement, les mains dans les poches. Il regarde autour de lui avec une certaine stupeur dans les yeux. Julia continue à me parler :

— C'est l'fun, il y a vraiment beaucoup de monde !

— Ouais, votre band attire les foules, han ! À quelle heure vous jouez ? je demande.

— On devrait embarquer bientôt. On se reparle après?

— Oui, c'est sûr!

Dave et Charlotte sont accotés, dos à la foule. Olivier a les coudes sur le bar aussi, mais fait face à la scène.

— T'as pas l'air d'aimer ça, Oli? je demande.

— Bah, je sais pas, c'est correct.

Olivier aime penser qu'il appartient à une sorte de sous-culture. Il sort dans les shows où les filles le remarquent pour sa petite chaîne attachée à son portefeuille. Or, ici, personne ne le voit, personne ne le reconnaît. Du coup, il devient désagréable. Cette *scène* n'est pas la sienne. Elle est beaucoup plus sophistiquée et âgée que celle qu'il fréquente habituellement. Ici, on impressionne les autres à coups d'expériences bisexuelles, de jeux avec des seringues et de shirts Marc Jacobs. On est loin des tatouages emo rap et des petites capsules de speed qui attirent habituellement les adolescentes dans son lit.

— Juste correct? je relance.

— Ouais, ben le monde se croit en osti, Oli dit.

— Mais il y a des belles filles, me semble?

— T'as raison, mais fuck! Regarde leur attitude!

— Bah, c'est la gang à Charlotte dans le fond, t'sais. On est un peu venu ici pour elle.

— Je sais, mais Charlotte est pas comme ça à 100 %. Ces filles-là… They're all like… Fuckin'… like… I don't know, fuckin'… Edie Sedgwick wannabe cocksucking cunts.

— Depuis quand tu fais des références à Warhol?

— Ta yeule! Charlotte a apporté *Factory Girl* chez vous l'autre fois.

Les lumières baissent d'intensité, la musique d'ambiance aussi. Julia et son coéquipier de band font leur entrée sur scène. Elle est debout au milieu et regarde devant. Sa main droite se tend pour flatter le micro sur son pied. Le guitariste est stationné à sa gauche. Il gratte une Gretsch noire. Un beat électronique avec beaucoup d'écho ouvre le spectacle. Une fumée blanche s'échappe d'une machine placée entre les deux musiciens. La voix de Julia se fiance avec les percussions. Malgré la mèche de cheveux sur sa figure, on peut voir qu'elle a les yeux fermés. Elle donne des petits coups de bassin qui accompagnent le rythme. Je m'imagine en train de la déshabiller. Je me demande si son vagin serait mouillé immédiatement après que je lui aurais enlevé sa culotte ou s'il faudrait davantage de préliminaires. Une bosse molle dans mes jeans commence à prendre forme. Charlotte aussi regarde le show, mais de façon plus distraite. Elle ne cesse de rire et d'envoyer des commentaires dans l'oreille de David. Je glisse ma main dans ma poche pour essayer de camoufler mon début d'érection. Olivier se commande un autre verre. Je lui fais signe de m'en prendre un. Il revient avec un gin tonic et je le remercie :

— Thanks, dude! je dis.

— No prob! C'est une sexy cunt, Julia, ça c'est sûr! Pas mon genre, là, mais quand même.

La conversation avec Olivier donne l'occasion à mon gland de retourner dans sa tanière de peau. La voix de Julia est claire et remplie d'émotion. Je ne pensais pas tripper autant. Je croque une glace de mon drink pour me désaltérer un peu. Le glaçon est trop gros alors j'en mets la moitié dans ma joue. J'ai l'air d'un écureuil. Charlotte vient me donner un bec.

— T'as ben la bouche froide ? Charlotte s'étonne.

— Ouin, j'ai mangé de la glace, je réponds en regardant le spectacle.

— T'es ben fif ! Tu trouvais ton gin trop fort, genre ?

— Tu gosses.

Elle goûte l'alcool. Elle goûte beaucoup l'alcool. Son regard est presque vide. Je connais ce look. Elle a trop bu.

— Je vais à la salle de bain, O.K. ? elle dit.

Je veux la suivre, mais je m'arrête pour demander à David ce qu'il compte faire des dix shooters de vodka qu'il est en train de soigneusement aligner sur le bar. Il dépose quelques gouttes à l'aide d'une fiole dans certains verres.

— Qu'est-ce que tu fais là, Dave ? je demande.

— Sti, man, ta blonde est crampante ! On s'est dit qu'on ferait un shot de vodka au GHB à chaque toune jusqu'à la fin du show ! il m'explique.

— Wow ! Quelle bonne idée !

— Ça te fait chier ? Je commence déjà à feeler weird, David déclare.

— Non, j'ai juste envie de pisser.

Je suis cool. En me dirigeant vers les W.C. (haha), j'ai l'impression que Julia me fixe dans les yeux. J'arrive aux toilettes et Charlotte en sort au même moment. Je l'attrape par la taille et lui pousse les épaules au mur avec une violence sensuelle. Je l'embrasse. Je m'empresse de lui serrer une fesse avec ma main droite. J'essaie d'oublier le regard que Julia m'a lancé du haut de la scène, mais je ne suis pas capable. Je le transpose sur Charlotte qui, elle, m'embrasse de façon distraite. Elle se recule pour me parler, mais je l'empêche et décoche un bec contre-attaque. Cette fois-ci, elle dépose son index sur mes lèvres et me chuchote :

— Chienchilla, le show va finir pis il me reste plein de shooters à prendre avec Dave. On frenchera tantôt, O.K. ?

Elle se déprend de mon étreinte et va rejoindre la vodka au GHB. Je reste quelques instants à fixer le mur en me demandant si j'ai envie de me casser les jointures dessus. Je mordille l'intérieur de ma lèvre et rentre dans la salle des hommes. Les urinoirs sont tous occupés alors je vais dans le petit compartiment fait pour chier. Je remarque une seringue sur le sol. L'aiguille roupille sur un lit d'eau noire, de poussière et de poils. Je décide de pisser à côté de la cuvette.

En revenant vers la musique, je veux rapidement rejoindre Charlotte afin de limiter les dégâts, mais je m'arrête quelques instants. Je force Julia à me regarder. Je me plante bien droit sur la piste. Elle m'aperçoit et me lance un autre regard. Elle laisse aller des vagues avec sa main qui semblent vouloir venir me flatter. C'est elle que je devrais emmener dans le couloir des toilettes. Je l'imagine avec des ailes. Un ange déchu. Sa musique ressemble à celle de Bat for Lashes et Goldfrapp. C'est le genre de mélodie qui accélère ma respiration. J'écoute. Je contemple. Elle chante. Elle répète. *Take me back home. Take me back home. Where is home? Where is my home?* Les speakers me font mal aux oreilles. Je m'en crisse. Je concède le fait de devenir sourd plus jeune afin de finir ce moment. Je me sens impliqué. J'ai envie de pleurer. Il neige du suède dans mon cou. Ça picote. J'ai des frissons. Il y a des moments comme ça. Je prends de grandes respirations. Ça me calme un peu. Je retourne au bar. David et Charlotte boivent encore comme si personne n'existait dans l'univers. Je tente de les ignorer et retrouve Olivier. Il parle avec un gars qui lui ressemble. Il est grand, il a un tatouage dans le cou et porte des stretchs aux deux oreilles. Ce sont des stretchs de grandeur moyenne. Juste entre l'indigène d'il y a trois mille ans et le gothique d'il y a cinq ans. Olivier et lui semblent dans une conversation incendiaire qui perd un peu d'oxygène à mon arrivée. Oli me prend par l'épaule. Il est trop grand. Je déteste quand il le démontre en présence d'inconnus en me collant comme ça.

— Sacha, je te présente un de mes bons chums, Guillaume! T'sais, je t'avais parlé d'un gars qui connaissait Charlotte dans mon cours d'espagnol… C'est lui!

Toujours des *bons chums* qu'il me présente. À le croire, on dirait qu'il a juste ça, des *excellents chums*. Je lance un salut timide pendant que ce Guillaume me serre la main en regardant tout d'abord par terre et ensuite dans les airs. Aussitôt les mondanités terminées, il s'excuse en disant qu'il doit aller s'acheter une autre bière. Je m'adresse à Olivier :

— C'est quoi, l'rapport ? J'ai fait fuir ton ami ?

— Han ? Pourquoi tu dis ça ?

Oli commence à avoir trop bu, il cache encore plus mal ses émotions que d'habitude.

— Il m'a pas regardé dans les yeux une seconde, pis il a crissé son camp, je dis.

— Don't know, dude.

Je ne dis rien pendant quelques secondes et ensuite je continue à me fâcher.

— De toute façon, je pensais qu'ils l'auraient bloqué à la porte, cet osti-là ! Criss que ses oreilles stretchées sont dégueulasses.

— Il est ben correct.

— Tout le monde est smatt, han, Oli ? Criss que tout le monde est smatt, avec toi !

— Juste parce qu'il trippe sur Charlotte, ça veut pas dire qu'il faut que tu l'haïsses !

— Bon ! Un autre détail que t'avais oublié de me dire. Il trippe sur Charlotte astheure !

— Il savait pas qu'on allait être ici, pis il a été surpris de nous voir.

— C'est quoi ? Il est venu pour la stalker, genre ? C'est obviously pas sa crowd ici !

— Non, je pense qu'il est venu avec d'autres amis.

— Ouais ouais ! J'en doute pas pantoute !

— Tu devrais arrêter de capoter un peu, Sach, des fois.

— Ben, toi, tu devrais me défendre *des fois* au lieu de prendre le bord des semi-inconnus dans ton cours d'espagnol qui sont amoureux de ma blonde.

— Qu'est-ce que tu veux j'fasse, fuck! Je peux pas les empêcher. À part ça, j'ai jamais dit qu'il était *amoureux*.

— Ben, qu'est-ce qu'il t'a dit, d'abord?

— You really wanna know?

— Ouais! Crissement!

— Il a dit: « Cette fille-là, j'la checke sur Facebook depuis un bout, pis je savais pas que c'était la blonde de ton ami. »

— O.K. Ensuite?

— Bah, après il a dit d'la marde, genre: « Ouin… Ouin… Paraît que c'est un paquet de troubles. Un ami à moi l'a déjà fourrée, pis il avait peur d'elle. Elle était trop intense », Olivier termine.

Je ne dis rien. Je hoche la tête avec dégoût.

— Pis toi, Olivier, mon *ami*, tu entends ça pis tu dis rien!

— Ben là, whaddya want me to say?

— I want you to break his fuckin' nose! That's what I want you to do. Gang de criss d'animaux d'osti!

— Ta yeule, man! T'sais, Sach, quand c'est des gars, ça te fait chier, mais t'avais pas l'air trop trop en criss après Julia tantôt quand t'es allé la voir sur le bord du stage.

— C'est quoi l'osti de rapport? Pourquoi je serais en criss après Julia?

— Ben, tu le sais qu'elle pis Charlotte ont déjà fait des trucs toutes les deux?

— De quoi tu parles? je demande.

Mon cœur commence à battre plus fort. Mes mains deviennent chaudes.

— Ben, t'étais là au dernier party effraction, dans la maison, quand Charlotte a avoué à tous nous autres qu'elle avait déjà couché avec une fille. Mais t'sais, je pense que c'était avant qu'elle sorte avec toi, là.

— Ah, tu *penses*? Thanks, j'suis rassuré.

— Ben, voyons, tu le savais, ça! T'étais là au party quand elle a raconté son expérience avec son amie Julia, il répond.

— Non. Je sais pas si tu t'en souviens, mais j'étais crissement high sur l'osti de LSD, pis je vous écoutais pas raconter vos niaiseries.

— Ah ben, là… Scuse-moi… Je pensais que t'étais au courant.

— Non, pis… Seriously… Fuck you!

J'ai le vertige. Des images dans ma tête de Julia et de Charlotte en train de se déshabiller mutuellement m'excitent et m'enragent à la fois. J'ai soudainement peur de ne rien connaître sur la fille avec qui je dors presque tous les soirs. Je me dirige vers le bar et vole un shooter à David. Cha me voit et saute dans mes bras:

— Chaton-pisseur-chinois! Viens prendre de la vodka truquée! Le show est fini pis on en a de trop! Je t'aime tant!

Elle m'embrasse et j'oublie mon anxiété pour un instant en me disant qu'elle m'aime. Présentement, elle m'aime. Présentement, elle lèche ma langue. Présentement, elle pense à moi.

— Oli est où, là? Dis-lui qu'il vienne en prendre, lui aussi! Charlotte s'élance.

— Y a crissé son camp, je sais pas trop pourquoi.

Dave est tellement chaud-gelé qu'il ne peut pas placer un mot devant l'autre. Julia vient nous rejoindre.

— C'était full bon, Juju! Charlotte s'époumone.

— Merci! C'est smatt d'être venus!

Julia me lance encore un regard. Elle me veut quoi, cette chienne? Elle se tourne la tête et semble apercevoir quelqu'un. Elle s'allonge entre deux individus gluants pour pincer le chandail d'un dude. C'est le Guillaume de tantôt.

— Heille, Gui! Je savais pas que t'étais là! Julia lui dit.

Il s'approche de notre cercle et commence à expliquer ses conneries. Son ami connaît le guitariste, blablabla, un autre ami joue dans le band qui a ouvert, blablabli. Il n'arrête pas de se jouer après les cheveux. Il parle et regarde Charlotte du coin de l'œil. Cha ne le remarque même pas. Dave paye d'autres shooters. Du Jägermeister — le signe qu'il est déjà trop soûl. La serveuse au toupet de pin-up dépose les shots et Dave lui donne un pourboire beaucoup trop généreux. Il commence à les passer. Charlotte en donne un à Guillaume, mais le verre mouillé lui glisse des mains et atterrit sur ses pieds. Jäger = vert. Adidas de Guigui = blanc. Il est tout insulté, pauvre petit.

— Ah! Tabarnak! J'espère que ça va pas tacher mes shoes neufs! Guillaume s'énerve.

— Je l'ai échappé! Charlotte s'excuse en riant.

— Ça t'a pris deux mois à rassembler deux cents piasses d'économies, genre? David lance en riant.

Guillaume a l'air vraiment offensé. Charlotte s'approche de mon oreille.

— Y est ben graine, ce gars-là! Cha me chuchote.

Je prends ma portion de Jäger et me tourne vers Charlotte. Je la regarde dans les yeux. Si c'était un film, il y aurait un arrêt du temps ou un ralenti.

— Checke combien je t'aime. M'aimes-tu? je demande.

Je prends un élan et je punche Guillaume sur le nez. Il tombe. J'entends The Hives dans ma tête. Une pierre dans l'eau. Une brique dans un pare-brise. Au ralenti. *USS Cole (DDG-67)*. Son nez saigne. Oklahoma. WTC 93. Deux doormen accourent vers moi. Je lève les bras pour dire que je n'ai pas l'intention de résister. L'un d'eux se prend pour GSP et m'empoigne en triangle choke. Le corridor, les marches, le seau d'eau, l'odeur de moisi. Je revois toute la scène de l'entrée, mais à l'envers. Il me pitche dehors comme une poche de sable. Quelques secondes plus tard, David et Charlotte me rejoignent en criant et en riant.

— Sacha! Le gars est encore à terre, il comprend pas trop ce qui s'est passé! Pourquoi t'as fait ça? C'est ben drôle! Charlotte s'exclame.

— Ben, il me gossait avec ses ostis de shoes laites, là!

— T'as bien fait! Le gars était affreux. Plus personne porte de stretch de même astheure… Retourne aux Foufs il y a sept ans, criss de loser! David lance.

Les deux continuent à rire et me racontent chacun leur version de la scène. Le coup m'a coupé une jointure. Je saigne. Je porte ma main à ma bouche pour essayer de sucer le sang. Je prends une photo de mes doigts avec mon iPhone pour me souvenir du moment.

— Julia doit trouver que je suis un fou furieux ? je demande.

— Non, pantoute ! David dit.

— Ben non ! Elle était aussi crampée que nous ! Elle est en haut, elle essaye de demander au bouncer si tu peux retourner à l'intérieur, Charlotte répond.

— Bof, moi je vote pour qu'on décâlisse. Si le gars a des chums, ils vont descendre après nous dans pas long.

On s'éloigne de la salle clandestine en marchant. Je remarque le taux d'alcool avancé des deux autres par leur façon de tituber. Ils racontent tout plein d'histoires de la soirée. Oli est vraiment parti sans dire au revoir. Dave nous quitte à mi-chemin.

Je suis chez Charlotte. Elle a toute la misère du monde à enlever ses souliers. Je vais dans sa chambre et je m'installe sur le lit en l'attendant. Elle vient me rejoindre.

— Qu'est-ce que t'as ? Charlotte demande.

— Quoi, qu'est-ce que j'ai ? J'ai mal à la main.

— Attends, j'ai de la glace.

Elle va à la cuisine. Elle revient avec une macédoine de légumes congelés.

— Pourquoi tu me regardes de même ? Charlotte dit.

— T'as déjà fourré avec Julia ?

— Han ? D'où ça sort, ça ?

— Arrête de niaiser, là ! Oli me l'a dit.

— Ouin, c'est pas un secret. On en a parlé au party l'autre fois, pis t'étais là !

— Non! Arrêtez avec ça, osti! Vous avez pas de mémoire? J'étais monté dans la chambre pendant votre conversation! C'est ça qui te fait tripper, Charlotte? Te pogner des filles pour pouvoir impressionner le monde dans les partys après?

Elle est soûle. Elle comprend mal mon agressivité. Elle se couche dans le lit et ne me répond pas.

— Tu dis rien?

Elle se retourne vers moi. La glace fait du bien, mais je m'en fous.

— Qu'est-ce que tu veux que je te dise?

— Ben, réponds à ma question!

— Laquelle? T'en as posé quatre!

— C'est ça, ton trip? Raconter aux autres tes exploits?

— C'est quoi, l'rapport? T'sais que c'est ça, mon trip!

— Ben, pourquoi t'as couché avec Julia, d'abord?

— Sacha, calme-toi, là! J'ai jamais *couché* avec Julia. Pis les seules choses qui se sont passées avec elle sont bien avant toi.

— Qu'est-ce qui s'est passé, d'abord? j'interroge.

— Non, je commence pas à te raconter ça à soir, là.

— Moi, je dis que tu commences parce que sinon je te parle plus jamais!

Elle se met à pleurnicher. Je viens tout mou à l'intérieur quand je la vois pleurer. Ça me donne le goût de lui acheter sept boîtes de Ferrero Rocher et de l'emmener magasiner à Brooklyn. Je me sens mal, mais je suis encore dérangé par la situation. Je n'ai pas fini avec mes questions.

— Ah, pourquoi tu me fais ça à soir! On a eu une belle soirée, me semble? Charlotte dit avec une larme.

— Pas moi. Moi, j'ai eu une soirée de marde. Il y a eu quoi entre toi et Julia?

— Je lui ai jamais touché à Julia!

— Il y a eu quoi, d'abord?

— Tu veux vraiment le savoir?

— Oui! je dis en gros colon.

— Ben, O.K.! Criss que t'es cave. Julia et moi, quand on était ados, on se touchait ensemble. C'est genre arrivé deux ou trois fois, elle répond.

— Qu'est-ce que ça veut dire, ça, vous vous *touchiez* ensemble?

— Ben, on se mettait nues devant un miroir pis on se touchait, là, on se masturbait chacune devant l'autre. Mais on touchait juste à notre propre corps. Le pire que j'ai fait à Julia, c'est de l'embrasser. Je comprends pas pourquoi tu serais jaloux de ça! Premièrement, c'était avant que je te connaisse, pis en plusse, c'est même pas un autre gars, c'est une fille!

— La jalousie, ç'a pas d'orientation sexuelle! Pis ça me fait de quoi surtout parce que tu dis des affaires à mes amis que tu me dis pas à moi.

Je me lève parce que j'ai envie de vomir. Je vais à la toilette. J'ai jamais eu à faire des expériences avec mes amis pour savoir si j'étais hétéro ou pas. Pourquoi j'aime une fille comme ça? Il faut vraiment qu'elle essaie tout? Tout le temps? J'ai un down d'adrénaline. La chicane avec Charlotte, le coup de poing, la chicane avec Oli. Mon cœur bat. Je vomis. Je flushe. Une indigestion peut-être? Une gastro? Une jaunisse? Je provoque toujours mes amis. J'attire le trouble. Est-ce que je suis trop contrôlant? Trop manipulateur? Je m'assois sur le rebord de la baignoire et je réfléchis. Je pense aux deux filles. Je pense à ma vie. Je devrais peut-être partir d'ici et ne jamais revoir Charlotte avant qu'il soit trop tard. Je devrais faire plus de sport. Boire plus de smoothies. Je devrais me concentrer sur mes études. Je devrais retourner dans la chambre et donner à Charlotte la baise de sa vie. On pourrait tout canceller. Je rince ma bouche avec un mélange de dentifrice et un reste de Scope. Je crache, ferme la lumière et me dirige vers Charlotte bien décidé. Elle est dans le coin du lit en petite boule. Elle ronfle. Comment elle peut s'endormir aussi vite après une discussion pareille? J'essaie de la secouer un peu pour voir si je peux la réveiller. Rien à faire. Je flatte sa joue avec mon index. C'est encore mouillé. Elle est douce. Je la regarde. J'ai peur. On ne connaît jamais les gens à fond. Elle a des spasmes de sommeil. Elle convulse poliment à côté de moi comme un poulet sans tête. Ça fait toujours ça quand elle prend des drogues pendant la soirée. Comme si son corps endormi se crispait pour expier les toxines. Je me couche sur le dos. Je regarde les quotes sur le mur. J'observe celles que je peux lire avec la lueur du cadran. Je peux seulement voir celle d'Albert Camus. *L'absurde n'a de sens que dans la mesure où l'on n'y consent pas.* Il y en a une de Marilyn Manson à côté aussi. *All the pretty girls will leave you low and blow your mind.* J'ai toujours voulu écrire sur mon mur. Jamais été game. J'essaie de m'endormir. Ma seule musique est la respiration post-soûle de la boule de chat à côté de moi. Bloc de chinchilla.

La nuit passe. Charlotte va prendre sa douche sans me parler. J'attends le bruit de l'eau pour me lever. Aussitôt que l'écho des gouttes résonne, j'ouvre tous les tiroirs possibles. Je fouille. Je regarde sous ses vêtements pour voir s'il n'y a rien de louche. Je ne sais pas ce que je cherche. J'aurais dû être policier. J'espère qu'elle ne sortira pas de la douche sans couper l'eau. Je ne saurais pas quoi lui dire. Je regarde dans le tiroir de la table de chevet. Est-ce que ce sont bien toutes *mes* lettres d'amour à *moi* qu'elle y conserve? Y en a-t-il de quelqu'un d'autre? Je prends son sac. Je passe à travers. Des enveloppes de condoms qui ne sont pas ma marque? J'ai froid et chaud en même temps. J'ai peur qu'elle me voie. J'ai honte. Je continue. C'est bizarre. Je ressens presque une excitation sexuelle à fouiller. J'imagine ce que je pourrais trouver et ça m'attise. Des photos compromettantes, des reçus d'hôtels cheaps, des vibrateurs plus gros que trois queues rassemblées. J'ai trop d'imagination. Je trouve un tube de lubrifiant dans un tiroir. Il est vrai, lui. Dans mes mains, lui. Elle ne m'a jamais dit qu'elle avait ça? Elle fait quoi avec ça? Avec qui? Ça commence à faire longtemps qu'elle est sous la douche. On n'a pas fait l'amour aujourd'hui. Ni hier. Peut-être qu'elle se touche présentement. Sans moi. Elle pense à qui? Julia? Ou plutôt à l'ami de Guillaume qui la trouvait trop intense? Je ne sais pas si j'ai le temps de passer à travers ses poches de manteau dans la garde-robe. J'ai envie de vomir, tout d'un coup. Parasite? Déshydratation? Hémochromatose? Mes mains tremblent comme pendant les cinq dernières minutes d'un examen. Je peux sentir la sueur sous mon bras. C'est dégueu. Je suis dégueu. Je ne trouve rien d'autre que le lub. La douche est longue. Elle garde des sous-vêtements sales dans son tiroir du haut. Pourquoi elle fait ça? Elle ne fait pas de lavage? Elle les a peut-être oubliés là. Peut-être qu'ils ne sont pas à elle? Mais non, je le reconnais, ce string-là. Je n'arrive pas à la comprendre. Peu importe les fouilles. Peu importe combien profond je creuse. JE NE LA COMPRENDS PAS. Pourtant, je ne suis pas un idiot. C'est quoi, mon problème? J'aurais dû être archéologue.

On hait : le poivron vert parce que ça goûte la marde (littéralement), le rocher Percé, le plein air, la Californie, les chenilles, GO WEST YOUNG MAN, Wes Anderson, ne pas se parler quand on baise, la licorice (surtout dans les Jelly Belly que je fais toujours semblant qu'ils sont aux mûres avant de les donner à Sachacha).
BB — Entrée 76

Paul

Paul en est à son deuxième baccalauréat. Le premier en littérature, pour s'amuser. L'autre en droit, pour manger. Il est plus vieux que moi. Il a sauté des années au primaire. J'aurais pu en skipper, moi aussi. Mes parents ne voulaient pas. *C'est important socialement de suivre la cohorte de ton âge, Sacha.* Mes parents sont drôles. Ils ont ce côté très business qui les a menés où ils sont, mais des fois ils ont aussi une vision gauchiste bizarre.

On est rue Laurier. On essaie un restaurant français. Le journal lui a donné une bonne critique la semaine dernière. Et comme *Le Devoooooooouuuuuââââr* a toujours raison, nous voici ! Tête à tête. Seul à seul.

— Je pensais que le monde aurait été plus hautain que ça, je commence.

— Faut que tu t'habitues à avoir un peu de classe, Sacha, Paul répond.

— J'avoue.

— Il y a pas juste des shows électro-indie-underground-cool dans la vie !

Paul aime tourner en dérision nos soirées dans les bars où la bière coûte moins que neuf dollars. Je suis d'accord avec lui. Il a comme cette aura qui nous empêche de le contredire. Il développe toujours ce qu'il dit comme étant logiquement parfait.

Notre bouteille de vin arrive. Un Madiran 2005. Le serveur l'ouvre et fait ses steppettes. Osti de Français gossant. Pas capable de conquérir l'Amérique comme du monde, mais toujours là pour nous faire chier !

— Il est bon, le vin, Paul affirme.

— Qu'est-ce que tu dirais, un jour, si je m'ouvrais les veines ? Avec une lame ? Pleurerais-tu ?

— Nice bouteille pour vrai. Ç'a un bon côté cuiré, très animal.

On peut entendre des bruits d'ustensiles et de cuisine. Paul boit et me regarde de façon plus sérieuse :

— Oli m'a dit que vous vous étiez pognés, l'autre soir ?

Il n'aime pas nos soirées, mais il se renseigne. Paul la fouine.

— C'est à cause qu'il est jamais de mon bord. Il défend toujours ses ostis d'amis caves.

— J'imagine qu'en vieillissant on change pas beaucoup, han.

— Ouin… C'est comme Charlotte, ça. Je me demande si elle change des fois.

— Qu'est-ce que tu veux dire ? Paul demande.

— Ben, quand je l'ai rencontrée, elle était vraiment déprimée pis un peu random. Elle mangeait pas, elle dormait pas, elle allait pas à l'école. Pis avec moi, elle a semblé redevenir bien, sauf que là, je me rends compte qu'elle est probablement encore perdue. Elle a pas changé pour vrai.

— Tu veux dire que l'apparence est mieux, mais qu'au fond d'elle elle est encore pas mal fucked, han?

— Ouin, pis je me sens comme si je pouvais plus l'aider parce qu'elle reste trop mystérieuse tout l'temps.

— C'est sûr qu'avec les affaires qu'elle t'a racontées sur son père qui a crissé le camp pis son premier chum ben plus vieux qu'elle quand elle avait treize ans pis toute… C'est difficile de poser un diagnostic. Il y a tellement d'éléments! Je veux dire, c'est pas facile de voir exactement comment ça l'a marquée. On la connaît pas assez. Penses-tu qu'elle est intelligente? Pour vrai, là?

Le serveur apporte le pain et le beurre frais dans une corbeille stainless.

— Je sais pas. C'est difficile à dire. Elle a certainement une intelligence artistique que beaucoup de gens ont pas, je réponds.

— Ouin… Mais je suppose que ma question c'était plutôt: est-ce qu'elle est assez intelligente pour voir ses gestes objectivement pis s'améliorer, malgré son passé louche pis toute?

— Penses-tu que ç'a vraiment à voir avec l'intelligence, rendu là?

— Ben dans un certain sens, oui! Ç'a à voir avec l'intelligence pis la curiosité de vouloir développer une certaine maturité, Paul me répond.

— Mais t'sais, c'est un peu pour ça que je suis tombé si amoureux d'elle au départ. Pour le côté irrationnel, pour le côté fou. On dirait toujours que ça m'attire, ça.

— Ouin, t'es un peu tannant émotionnellement

aussi, on se le cachera pas. Mais toi, t'es capable de l'avoir, la maturité. Je te connais. Je sais qu'tu l'as. Pis va falloir que tu fasses des choix un moment donné.

C'est toujours ça avec Paul. Il parle pendant dix minutes. Je pense qu'il va régler tous mes problèmes et, à la fin, il sort un *va falloir que TU fasses des choix*. Porter du noir. Seulement aller dormir quand je ne tiens plus debout. Aimer les buffets chinois. Répondre par des questions. J'ai un grand grand sens du choix, oui.

Il continue en se prenant un bout de pain :

— Es-tu capable d'endurer une fille pseudo-bipolaire, qui vient pas pantoute de la même classe sociale que toi ? Une fille qui a sûrement vu ben des gars avant pis qui se fait regarder chaque fois qu'elle met un pied dans la rue ? Es-tu assez fort pour ça ?

La réponse est non. La réponse est oui. La réponse est *ça dépend des jours. Definitely Maybe.*

— Je pense que oui, je dis en hésitant.

— *Je pense* is not good enough, Sacha !

— Je sais, pis en plusse, t'as oublié d'ajouter *es-tu capable d'endurer une fille avec des désirs bisexuels* aussi !

— Ouin, ben là-dessus, Oli a raison, tu capotes un peu trop avec ça ! Premièrement, c'est hot deux filles ensemble, viens pas me dire que t'as jamais regardé de porn lesbienne, là !

— Je sais que j'ai overreacté, mais c'est surtout parce qu'elle me l'avait jamais dit, t'sais.

— T'es pas obligé de tout savoir, Sacha, il répond.

— Oui, sérieux, je suis obligé !

— Non, vraiment pas, *sérieux*. Vraiment pas ! Faut

que tu laisses aller un peu plusse. Pis Charlotte, là, elle fait pas ça parce qu'elle est lesbienne. Sens-toi pas attaqué là-dedans.

— Elle fait ça pourquoi, d'abord?

— Parce qu'elle est belle. Parce qu'elle est belle en criss. Tu le sais, je le sais, mais surtout, *elle* le sait. C'est pas du tout la même vision de la vie pour une fille comme ça. Elle est narcissique dans le tapis, mon gars! Se pogner d'autres filles, c'est genre une façon de coucher avec elle-même, rien d'autre.

— Ouin... Vu de même.

Je me lève. J'ai bu un café avant de partir. Je demande au serveur:

— Où est la salle de bain?

— Monsieur veut prendre son bain? le serveur répond.

— Scuse-moi, je voulais dire: les chiottes sont où?

Je me déhanche un peu pour m'y rendre. Je ne sais pas pourquoi. Essayer d'être sexy? Cool? Whatever. Je réfléchis à ce qu'on disait. Je reviens à la table avec une phrase déjà prête. Je soulève la serviette sur ma chaise et la replace sur mes genoux.

— T'as raison, han! Je veux dire, imagine pour un instant... Depuis que t'es né, tous les gars te regardent, tous les gars sont fins avec toi. C'est pas la même vision de la vie pantoute.

— Ben non! Elle est au top de l'échelle. En plusse, Charlotte est pas juste belle, elle dégage le sexe! À ce niveau-là de fille, tu te ramasses avec une compétition tellement intense! T'es en plein milieu de la jungle, man!

— Pis la jungle a plus de limites astheure.

— Non, exact! Surcommunication comme le criss. Combien de fois t'étais pas game d'appeler une fille pis tu l'as textée à la place? Pis qu'elle est venue te rejoindre après une conversation de textos pis que t'as fini par la fourrer? Paul demande.

— Je sais! Pis combien de fois j'ai addé du monde random sur Facebook, ou MySpace dans l'temps, pis qu'on se créait des dates de baise.

— Oublie ça! La fidélité existe plus! T'es à trois coups de piton de n'importe quelle plotte dans le monde.

J'aime quand Paul se laisse aller à théoriser. Ça me rassure toujours.

— C'est comme si les nouveaux médias, c'est ben plusse une révolution sexuelle qu'une révolution de la communication, je dis.

— Penses-tu vraiment que Bill Gates s'est pas mis riche à cause du sexe? À cause de la porn?

— C'est clair, là! Tous les hommes qui achetaient des ordis au début parce qu'ils avaient entendu dire qu'on pouvait voir le sextape de Pam Anderson sur cette affaire fuckée qu'on appelle *l'Internet*!

— C'est les compagnies de pornographie qui ont poussé et développé toujours des meilleurs sites. C'est eux qui ont fait avancer le web au début, Paul ajoute.

— On est la dernière génération qui a eu une enfance sans Internet ou presque.

Paul prend tout ça à la légère. C'est facile pour lui. Sa blonde ne sort pas. Elle ne joue pas sur le web. Ils sont pareils les deux. Un vieux couple. Ça ne fonctionne pas comme ça pour moi. Charlotte est toujours avec son ordi en train de chatter, jaser, lire, niaiser, networker. Je l'ai même déjà vue se faire un setup avec des serviettes et une chaise pour pouvoir utiliser son laptop dans le bain. Pas branché au courant, là, elle n'est pas si conne. En tout cas, j'espère. Je ne sais pas. Peut-être que je vais vieillir seul. J'étais tellement comme Paul avant. J'avais la réponse à tout. Cartésien, ordonné, rangé. J'ai peut-être changé. Est-ce que j'ai changé? Je crois que les gens ne changent pas. Ce qui bouge, c'est la façon qu'ils avaient de se voir avant. C'est la perception de nous-même et des autres qui s'altère. J'ai toujours vu mon avenir en cravate et en complet. Ces temps-ci, j'ai envie de me faire un piercing ou d'acheter un bike. J'ai envie de me dénicher des motorcycle boots pour enfin crisser mon camp. Paul et Dave m'ont toujours convaincu qu'être rebelle c'est dans la tête, pas dans l'habillement. Ils ont raison. J'ai juste l'impression de manquer de moyens pour le prouver. Je ne veux pas que Charlotte me trouve plate.

Le serveur passe. On lui demande un peu plus de temps. Il soupire. On continue à boire et à discuter. Mon iPod s'allume seul dans ma veste. C'est Blur. Paul l'entend et demande :

— C'est-tu *Coffee & TV* la toune dans ton iPod? (Il reconnaît les hautes fréquences de la track.)

— Ouais, je réponds.

Je trouve mon lecteur mp3 et le ferme aussitôt. Paul enchaîne :

— Cette toune-là me rappelle tellement de souvenirs.

— Je sais, moi aussi.

— Sans joke, ça me rend nostalgique. Je sais pas comment t'expliquer… Ça me rappelle les partys au chalet avec les filles du secondaire pis toute.

Il prend une pause. Son regard est vide et il continue :

— C'est même pas le genre de musique qui me donne envie de me suicider. C'est le genre de musique qui me rend tellement down que j'ai le goût d'aller tirer du monde dans une école avec un osti de gros rifle automatique.

Je n'entends pas souvent Paul parler comme ça. J'imagine qu'il a des émotions, des fois. Ça aussi, ça me rassure. Est-ce que ça me rassure ? Ses pensées ont créé un léger moment awkward. Un peu comme autour d'un feu lorsqu'on chante *Knocking on Heaven's Door* et qu'un douchebag dans la gang commence à faire les HEY HEY HEY comme si on était en train d'interpréter la version de Guns N' Roses. Je poursuis la conversation d'avant la chanson de Blur :

— T'sais, je sais que je vais la perdre, là. En plusse, je l'ai achetée avec des rêves. Comme je fais avec toutes les filles. Ça dure jamais éternellement comme truc.

— Qu'est-ce que tu veux dire ? Tu parles de Charlotte, là ? Paul demande.

— Oui. Quand je rencontre une fille, on dirait que je l'embarque dans mes rêves. Je sais pas comment expliquer ça. Je lui dis : on va être riche à deux pis on va s'acheter un loft dans SoHo pis on va avoir trois chats de race. Un bengale, un siamois pis un sphinx.

— Je comprends. Comme si tu les convainquais que c'étaient leurs buts à elles aussi.

— Je les achète avec des mensonges, on dirait. J'ai toujours peur qu'à un certain point elles s'en rendent compte. J'imagine que tu peux pas inventer les rêves pour les autres. Ça marche jamais éternellement. C'est comme une carte de crédit, faut que tu la rembourses un moment donné.

— Tu le sais que j'ai toujours défendu Charlotte, han, Sacha ! Même quand tu m'appelais ben en criss après elle, je te disais toujours : essaye de la comprendre ! Ça va passer ! Mais, t'sais, si le temps vous fait vous éloigner, tu peux pas te battre contre le temps, tu comprends ?

— Je sais.

Il faut que j'arrête de parler de Charlotte. Ça me déprime. Je change de sujet :

— Trouves-tu qu'on en parle trop ?

— De Charlotte ? Paul demande.

— Ben, de Charlotte, de nous, de tout ? Penses-tu qu'on est pas en train de défaire le fun de la vie en la déconstruisant toujours comme ça ? Dans nos mots ?

— Ben non ! C'est le contraire ! Il y aurait aucun fun à la vie si on pouvait pas se la raconter par après.

Je regarde le menu. J'ai envie du canard. Je ne peux jamais m'empêcher d'essayer le magret dans ces restos-là. Je devrais le commander au gars en appelant ça l'assiette de coin-coin juste pour voir sa face. La scie de pingouin.

— En plusse, moi pis Charlotte on fourre pas mal moins qu'avant, c'est rendu.

Osti. J'avais dit que j'arrêtais.

— Ah ouin ? Paul s'inquiète.

— Je sais pas trop. C'est sûr qu'on se chicane plusse aussi.

J'essaie de lui montrer à quel point je prends ça d'un œil rationnel. La vérité, c'est que la situation me donne envie de dézipper ma peau et de courir dans la rue en tendons juteux.

— C'est là que tu te rends compte que le sexe, c'est vraiment juste dans la tête, Paul lance.

— Ouin, je sais.

— Pourquoi c'est plusse bandant de fourrer une fille attachée que pas attachée ? Est-ce que c'est meilleur avec Charlotte quand vous êtes en complet amour ou non ?

J'acquiesce avec ma tête.

— Tu vois ! Sérieux Sacha ! La seule chose de physique avec le sexe, c'est de jouir, Paul continue.

Il me faudrait une miniversion de Paul en fée qui me suit partout au-dessus de l'épaule pour me dire quoi faire. Fée Clochette. Paulchette.

Le serveur revient en regardant le plafond. Je pense qu'il a entendu la plus grande partie de notre conversation.

— Le choix sera fait pour ces messieurs ? il demande la bouche presque fermée.

— Je vais prendre le filet mignon au fromage bleu, Paul commande.

— Et pour vous ?

J'hésite une demi-seconde.

— Pour moi, ça va être l'exacte même chose, le mignon au bleu.

*J'arrive pas à faire coller le polaroïd de nous à notre
soirée en rouje à manger des fraises-guimauves.
Je pense que je vais le dessiner.
SOIRÉE ROUJE ! J'AIME !
Vive la CHA Connection.
BB — Entrée 86*

Your lovemaking is kafkaesque

Je suis seul dans mon appartement. Charlotte a disparu depuis deux jours. Elle ne répond pas. J'ai arrêté de regarder mon cellulaire à chaque seconde. Elle m'appellera quand elle m'appellera. J'écoute Massive Attack, *Mezzanine*. Un classique! Je m'ennuie du trip hop. Un peu une fausse déclaration. Je n'étais pas conscient du trip hop pendant que c'était à son peak. Je m'ennuie plutôt de l'époque où je l'ai découvert. C'est le genre de musique qui me fait vouloir tout abandonner. Sigur Rós aussi, mais Sigur Rós me rend juste moelleux et pleurnichard. Massive Attack me questionne davantage. Quand j'en écoute trop, j'ai envie de m'étendre dans un tas de coussins et de fumer de l'opium. Je n'ai jamais fumé d'opium, mais whatever. Cette musique a un effet opiacé. C'est comme si rock = cocaïne, électro = ecstasy, rap = cognac et trip hop = héroïne. Évidemment, si j'écrivais une thèse sur la musique populaire et ses drogues connexes, j'essayerais d'être plus exhaustif. Exemple : le rock a plusieurs sous-catégories et blablabla (hard rock = coke, punk rock = speed, rock psychédélique = LSD, christian rock = Jésus, etc.). Le principe est facile, mais, encore une fois, j'ai l'impression de mentir. C'est tricky avec le punk.

Kurt & Courtney. Sid & Nancy. Deux couples punks. Deux couples avec de sérieux problèmes d'héroïne. Même Pete Doherty & Kate Moss, plus récemment, deux flagrants smack heads! C'est difficile à dire avec le rock punk. Côté musique et cliché, je persiste et signe: c'est le speed. C'est du criage, c'est de la frustration, de l'énervement. Dead Kennedys. Johnny Rotten. Les gars chantaient avec les yeux ronds comme des trente sous. Mais si on pense au punk avec son côté grunge et son côté auto-destruction, il faut avouer que l'héro est un meilleur fit. Après tout, c'est Lou Reed et Warhol qui ont pratiquement inventé le punk au départ, les Pistols et les Ramones l'ont juste poussé plus loin avec la violence et les uniformes. Tous les musiciens finissent par faire de l'héroïne à un moment ou à un autre, peu importe le style. Les Stones ont commencé avec des hallucinogènes et ils ont fini par écrire *Brown Sugar*. Lennon serait probablement mort d'un fix de trop si le fan de Salinger ne l'avait pas gunné. J'ai un ami médecin, je ne le vois pas souvent, mais j'aime ça mentionner *mon ami docteur*. Et donc, cet ami, il me disait une fois à quel point il a toujours envie de laisser crever ceux qui entrent à l'urgence en overdose de morphine ou d'Oxycodone ou de choses comme ça. Ça l'écœure! *C'est des gens qui veulent pas vivre, qui veulent juste s'endormir. J'ai jamais vu quelqu'un en OD avec d'autres sortes de drogue! Les opiacés, c'est vraiment pour les losers.* Après, la conversation avait continué sur son désir de déporter les Noirs et les Arabes, mais je n'ai pas besoin de citer ce bout-là. Anyway, je dois être un peu loser aussi parce que j'adore Massive Attack.

Teardrop.

J'essaie de réparer une chaise. Je n'ai qu'un marteau. Même pas de tournevis. Osti que je suis maladroit. Mes mains shakent. Je devrais aller me faire tester pour le Parkinson. À quel âge Michael J. Fox l'a pogné, han? J'ai mal aux jointures. Ça ne mène à rien. J'allume une cigarette, comme si ça allait aider. Fuck la chaise. J'en achèterai une autre. Mon père m'achètera un nouveau set au complet. J'entends mon téléphone vibrer. J'espère que je n'hallucine pas. Quand j'attends un message ou un appel important, je deviens schizo. C'est Émilie. Je n'ai même pas envie de lire son texto : *Tu fais koi ce soir?* Je ne réponds pas. Je m'en crisse un peu. Je regarde ma tour de DVD pour voir s'il y a un film qui me tente. Un bruit se démarque du côté de la porte. Une clé grignote la serrure. C'est sûrement Charlotte. Je ne bouge pas. Elle entre. Ses cheveux sont sales. Reggae = dreads. Elle s'approche de moi pour m'embrasser, mais je recule ma tête. Elle sent l'alcool.

Dissolved Girl.

— T'étais où? Ça fait deux jours qu'on s'est pas parlé! je commence.

— Scuse-moi, chat. J'étais scrap, là.

— T'étais scrap? C'est quoi, l'rapport?

— Arrête, O.K.?

Oups. C'est la première fois que j'entends ce ton rabattu sortir de sa bouche.

— O.K. J'arrête, mais… Qu'est-ce qui se passe? Tu m'inquiètes, je dis avec ma voix tremblotante.

Elle regarde le plancher.

— J'ai fait une erreur, Sacha.

Pas de *chat.* Pas de *Sach.* Pas de *chinchilla.* Pas de *p'tit rat.* Un gros *Sacha.* Un *Sacha* sérieux.

— Oui?

— Avant-hier, je suis allée dans le Vieux avec une amie d'école. On rejoignait deux gars, je sais pas trop là, deux amis web du temps de MySpace. C'étaient des gars de Vancouver. Ils étaient en voyage.

Je sais tellement où ça s'en va. Le bout de mes doigts picote.

— O.K.? Continue?

— Ben… J'étais soûle en criss pis je me suis ramassée dans la chambre d'hôtel du blond pis c'était un surfer pis il repartait le lendemain matin pis je me suis laissé faire.

Rajoute donc des *pis.*

— Pis? T'as fourré avec? je demande.

— Oui.

J'ai l'impression d'être propulsé au plafond. Charlotte enchaîne pour briser le silence :

— Sérieux, bébé, j'étais vraiment soûle. Quand il a commencé à m'embrasser, je voulais me lever pis partir, sauf qu'il y a de quoi en dedans de moi qui me poussait à rester…

— Pourquoi tu t'es pas levée pis t'es pas partie d'abord? Han?

— C'est con là, mais je me suis demandé si ça allait être différent. Je voulais me prouver que j'trouvais encore ça meilleur, avec toi!

— Ark! C'est tellement d'la marde ce que tu me dis là! je réponds.

— Non, pantoute! Tu l'sais, Sacha, que j'ai jamais été en couple aussi longtemps qu'avec toi. Dans ma tête de fille soûle pis conne, l'autre soir, je voulais savoir si t'étais mon seul amour.

— Voyons, osti, Charlotte? Me prends-tu pour un cave? Si t'avais besoin de te le prouver à ce point-là, c'est parce que tu m'aimes pus pour vrai.

— Non, c'est le contraire! Je te l'jure! On dirait que je t'aime encore plusse!

— Quelle sorte d'osti de façon de penser de désaxé que c'est ça?

— La mienne, j'imagine. Je suis folle, Sacha, je m'excuse, je suis tellement folle.

Je ne dis rien. Les murs de la pièce se referment sur moi. Je me sens tout petit. Tout insignifiant. Tout laid. Tout malade. Tout mauvaise-haleineux.

Un surfer! Come on! Blond en plus! Me niaises-tu! Pétasse. J'ai envie d'être Dieu. Contraire d'Hitler! Go pour l'anéantissement complet de la race aryenne! Je veux envoyer des anges pour crever tous les yeux bleus des villages, des villes, des continents. Scalper toutes les crinières blondes et châtaines. J'ordonne le déversement de pétrole sur toutes les plages des Caraïbes, de la Thaïlande, de l'Afrique du Sud, de la Californie. Je veux que la race des pandas s'éteigne, que les bélugas s'étouffent avec mes sacs en plastique Provigo *pas-recyclés-dans-le-temps-qu'ils-étaient-gratis* et qu'on tue tous les bébés phoques à coup de bâton. Je veux regarder leur cervelet s'étendre sur la neige comme une confiture aux framboises sur du fromage Philadelphia. Je veux cracher du thallium dans les yeux de tous les plus forts, plus grands, plus beaux que moi. Go British Petroleum! Go!

— Tu le sais que je suis impulsive… Tu dis rien? Charlotte demande.

— Ce qui m'insulte le plusse, sais-tu c'est quoi? C'est même pas le fait que tu t'es fait mettre par un dude pour te *prouver ton amour pour moi,* by the way félicitations encore pour l'osti de belle excuse! Ce qui m'insulte le plus, c'est que ce gars-là va retourner à Whistler pis il va raconter l'histoire, à Criss Untel pis à Câlisse Tranquille, de la petite French Canadian facile qu'il s'est tapée un soir à Montréal en claquant des doigts! En plusse, il va sûrement étaler ça avec du Jack Johnson en background autour d'un feu comme un osti de cliché dégueulasse de surfer.

— Pis qu'est-ce que ça peut ben crisser, ce qu'il raconte ou pas?

— Ça crisse que la salope en question dans l'histoire, ça va être ma blonde! C'est nice! Tu sais dans un party quand Oli nous conte la fois qu'*il a crissé son pouce dans le cul d'une fille dans la salle de bain d'un bar pendant que son chum l'attendait plus loin,* t'sais on rit tout le temps de ce genre de fille là? Ben, cette fois-ci, c'est toi la pute de l'histoire!

J'attends juste qu'elle me demande, comme dans le film *Closer*: « Why is sex so important? » Et de répondre: « Cause I'm a fuckin' caveman! » Elle ne dit rien. On entend Massive Attack. Mon cerveau jute. Il est excité. Il active les choses les plus méchantes à dire. Il cherche ce qu'il connaît sur Charlotte. Du sous-sol au grenier. Du passé au présent.

— Y'a-tu porté une capote au moins? Ou tu vas te ramasser avec un kid indésiré dans l'utérus comme ta chienne de mère à dix-huit ans quand elle t'a eue? Ta mère qui a sûrement choké à la dernière minute avant de se faire avorter? Sérieux? T'es-tu protégée ou ben t'avais envie de recréer une fille pas de père dans un osti de foyer monoparental de pauvre? C'est ça vos plans d'avenir dans ta famille? Créer des salopes génération après génération?

Elle se met à pleurer. Je crache tout mon venin. Je suis l'ange déchu. Je la regarde sans cligner des yeux. Je suis le plus dégueu de la terre. Léviathan. Satan. Belzébuth. Abrahel. Fuck'em. C'est moi le chef.

— Ta yeule, Sacha! Tu t'écoutes parler, là. C'est pas un dialogue de film que tu récites, tabarnak! C'est la réalité! Le réalises-tu des fois? Avoue-le donc que t'aimais ça sortir avec moi parce que *nous* on se chicane, *nous* on est différent, *nous* on est wild, Sid pis Nancy pis toute *ta* criss de shit! Sacha le mystérieux pis Charlotte l'artiste folle! Osti que t'aimes ça comme histoire, han! Le réalises-tu que tout le monde s'en crisse? C'est juste toi, c'est juste moi! On est des nobody! Tout le monde s'en contrecrisse!

Et elle repleure encore plus fort. J'ai envie de la réconforter. Je me retiens. Pas de pleurer, mais de la réconforter. Je pleure un peu aussi. J'en rajoute. Il faut que j'en rajoute. Je ne peux pas laisser ce moment passer sans me battre.

— Toi, han ? Tu te penses tellement belle pis cool tout le temps ! Dans l'fond, t'as aucune estime de toi ! Ça te prend toujours une queue pour te réconforter ! je dis.

— Tu peux ben dire ça, *monsieur-je-regarde-une-fille-nue-différente-sur-mon-ordi-à-chaque-jour-pour-me-crosser* !

— C'est quoi, l'rapport ?

— Le rapport, c'est que t'es aussi dégueulasse que moi !

— Ouin ? Ben moi au moins j'ai pas le sperme d'un inconnu qui me coule entre les jambes quand je vais me coucher le soir !

Pas si pire comme phrase, comparé à tout ce que j'avais dit avant, mais c'était de trop. Juste trop. Charlotte m'attaque. Elle me saute dessus et essaie de me griffer le cou. Je la repousse. Elle tombe à côté de la table, tout près de la chaise. Le cœur me pince en imaginant qu'elle se blesse par ma faute. Elle voit le marteau. Oh, fuck ! Elle le prend. Elle se relève sans hésiter. Elle court vers moi dans l'appartement avec l'outil dans les airs comme dans un slasher movie. Je suis dans l'entrée. Je m'enfarge dans les trente et un souliers qui traînent. Je tombe. Je suis assis près des portes vitrées qui referment le vestibule. Elle arrive par-dessus moi.

Inertia Creeps.

— Vas-y ! Frappe-moi, osti !

La lumière rouge est la seule toujours allumée dans mon bureau. Massive Attack joue encore. Charlotte pense à me frapper pendant quelques secondes. Elle envoie la tête du marteau violemment dans la porte. Un petit carré vitré éclate au-dessus de moi. Je me lève sans réfléchir et je me précipite vers elle pour lui enlever le marteau. Dès que je l'ai, elle court vers le salon. Je marche vers elle avec raideur. Tactique plus pour lui faire peur que par réel goût de vengeance marteauesque. Mes pieds nus. Le verre. La course. Les traces de sang sur le plancher. J'ouvre la porte d'entrée et je jette le marteau hors de l'appartement. Deux proies. Deux victimes. Charlotte s'allume une cigarette.

— Je m'excuse, Sacha. Je t'aime tellement. Ça fait deux jours que je suis toute seule chez nous à pleurer pis à boire tellement j'ai honte. Je savais pas comment arriver ici pis t'annoncer ça…

Elle se remet à pleurer en fumant.

— T'sais, Charlotte, on a tous eu des enfances fuckées à notre façon, pis on a tous de la misère à dealer avec nos propres émotions des fois. Je vois pas en quoi ça te donne plusse le droit d'agir comme une genre de plotte sortie *enfeureux*…

— Une quoi?

Elle se met à rire. Je voulais dire *feu* et *enfer* en même temps.

— *Plotte en feu* ou *plotte sortie de l'enfer*… Choisis!

Elle rit un peu et se remet à pleurer. Elle ripleure. *Different colors made of tears.*

— Ahhh! Chat-chinchilla! Je retrouverai jamais quelqu'un comme toi! Qu'est-ce que je vais faire toute seule! Je m'excuse millions!

Elle prend sa cigarette et se brûle l'avant-bras.

— Heille! Arrête ça! je lance.

Je prends sa smoke et me brûle l'avant-bras à mon tour. J'éteins ensuite le botch dans un reste de thé. Mon bras chauffe, mais ce n'est rien comparé à mon pied. Charlotte prend l'arrière de ma tête et m'embrasse profondément. *Black Milk*. N'importe quel bec aux larmes est mille fois meilleur que n'importe quel bec à la menthe. Même les bonbons à quinze dollars à La Vieille Europe sur Saint-Lau. Même la menthe fraîche cueillie par les enfants chinois aux mains les plus fines.

— Aime-moi encore, O.K.? Je t'en supplie! Charlotte pleure.

Elle me flatte les joues et met ses mains partout dans mes cheveux. Je l'imite.

— Je veux pas avoir à vivre sans toi! J'ai personne d'autre dans le monde! elle continue.

— Fuck le monde, O.K.?

Le flattage devient sexuel. Charlotte me déshabille comme si elle voulait me violer. Je fais pareil. Sur le plancher. En face du divan.

— Fourre-moi comme une pute, O.K.? elle demande.

Je tire ses cheveux. Je me lève vers ma chambre et je monte le son de la musique. Aucuns préliminaires. Dans l'ambiance rouge de la lumière du bureau. Dans le sang de mes pieds. Dans le trip hop. Dans le trou noir de notre relation.

Par après, sur le lit, Charlotte examine mon pied pour voir s'il n'y a pas d'illégaux vitrés de noyés dans la plaie. On parle pendant un bout. On est nu.

— Tu peux me laisser, Sacha. Si tu me laisses, je vais comprendre.

— On verra, O.K. ?

Je regarde le plafond. Elle semi-divague sur son histoire.

— Sérieux, c'est l'expérience la plus absurde de toute ma vie, presque. Il y avait ce gars-là, que je connaissais pas pantoute, pis j'arrêtais pas de penser à toi. Je me sentais obligée de le faire. Je me sentais comme si je pouvais pas me sauver.

Elle continue à expliquer la situation. Elle me confesse d'autres délits plus légers aussi. Elle a fouillé dans mon ordi et mes emails la semaine dernière. Elle a tout lu. Elle me demande pourquoi j'ai ajouté Julia sur mon MSN. Je m'en fous un peu. Je pense à autre chose. De toute façon, on dirait que je sais déjà ce qu'elle me dit. J'essaie d'être comme Paul, de tout rationaliser. La science, la religion, la monogamie, la jalousie. Ça mène à quoi ? Je ne suis pas assez intelligent. Je ne comprends rien. Pourquoi je me sens comme ci ou comme ça ? Je ne sais pas. Je m'en crisse. La vérité, présentement, c'est qu'il y a le feu. On se fout bien de comprendre ma tête. Le poing dans mon estomac est pire qu'un éclair qui déclenche un wildfire. Mon cœur crie pour un avion-citerne. Mon ventre se découvre une bouche asséchée qui gueule mon orgueil pyromane.

Il t'a embrassée en premier ? Est-ce qu'il t'a déshabillée ? As-tu fait les mêmes bruits qu'avec moi ? As-tu mis ta main dans son pantalon ou il l'a enlevé avant ? Lui as-tu touché les testicules ou juste la queue ? L'as-tu sucé ? Est-ce

qu'il est venu dans ta bouche ? Y'était-tu rasé ? T'avais mis
quel parfum ? Est-ce qu'il a enlevé ta culotte ou il l'a juste
tirée sur le côté pour mettre ses doigts dans toi ? Armani
Acqua Di Gio ? Creed Silver Mountain Water ? Portais-tu
un string ? Portais-tu les bas rayés que j'aime tant ? T'es-tu
touchée ? Pendant ? Après ? Est-ce qu'il t'a fourrée dans le
cul ? Juste par en avant ? Juste par en avant, han ? Par en
arrière aussi ? Non ? O.K. Est-ce qu'il t'a mangée ? Jutais-tu
plusse qu'avec moi ? Es-tu venue ? Combien de fois ? Est-ce
qu'il t'a léché les orteils ? Est-ce qu'il t'a mis un doigt dans
le cul ? Est-ce qu'il a touché ton point G ? Ça existe-tu finalement ? Avez-vous regardé de la porn ensemble ? Est-ce
qu'il t'a fait un anilingus ? Est-ce qu'il a écarté tes genoux
pendant que vous baisiez ? Avez-vous utilisé des objets ?
Avez-vous fait l'amour juste dans le lit ? Y avait-il d'autre
monde d'impliqué ? Ton amie le sait-tu que tu m'as
trompé ? Lui as-tu fait un anilingus ? Vous êtes-vous mas-
turbés en vous regardant ? Avez-vous joui en même temps ?
Y'avait-tu un plus gros pénis que moi ? As-tu crié ? As-tu
sué ? Tu portais quel déo ? Comment t'étais habillée ? Avant
que tu sois nue, j'veux dire. Est-ce que tu t'es cogné la tête
sur le mur comme ça nous arrive des fois sans faire exprès ?
As-tu dormi là ? Collée ? L'as-tu frenché ? Beaucoup ? Il a
mis combien de doigts dans toi ? Est-ce que t'étais déjà
beaucoup mouillée ou il fallait qu'il se lèche les doigts ?
Y'a-tu mis une capote ? C'est toi qui l'as mise ou c'est lui ?
Est-ce que c'était une capote avec une couleur, une saveur ?
Y'avait-tu mauvaise haleine ? Toi, tu mâchais quelle sorte
de gomme ? Y'avait-tu plusse de poil que moi ? Sûrement
pas, un surfer, han ? Avais-tu apporté ton lub ? Ton osti de

lub que tu caches dans ta chambre ? Combien de minutes vous avez fourré ? Est-ce qu'il est meilleur que moi ? Si tu allais à Vancouver, essayerais-tu de le revoir ? Tu peux être certaine que je t'emmènerai jamais en voyage là-bas ! Il portait quoi comme parfum ? Étais-tu mouillée avant même de l'embrasser ? Juste en pensant à sa planche de surf ? Avais-tu déjà eu des fantasmes secrets de grand gars blond avant de le rencontrer ? T'es-tu imaginée avec lui sur la plage ? Ça faisait combien d'heures que tu t'étais pas lavée avant d'aller dans la chambre ? Est-ce qu'il a écarté tes lèvres pendant qu'il te mangeait ? Est-ce qu'il a mis ses doigts dans ta bouche ? Après t'avoir touchée ? Avant ? As-tu sucé ses doigts ? Avez-vous fait un 69 ? Est-ce qu'il te traitait de noms ? En anglais ? Lui as-tu parlé pendant qu'il te fourrait ? Avais-tu pris de l'acide ? De la coke ? Pendant combien de temps tu m'as oublié ? À partir du french ? À partir de la queue ? Juste à l'orgasme ? Ou m'as-tu oublié tout le long ?

Je suis épuisé. Charlotte s'est endormie. Je me remets à pleurer doucement. Elle tient le BB fort dans sa main. Le BB, c'est le Black Book. Il est en garde partagée. Il était chez moi cette semaine. Elle l'a feuilleté avant de s'endormir. C'est un petit livre de notes avec un élastique sur le côté. C'est le journal de notre relation. Un journal intime commun. On y colle les billets des shows qu'on voit ensemble, des polaroïds, des dessins. Chaque semaine, on s'écrit. Le BB est précieux. C'est notre création. Charlotte l'a perdu une fois. En fait, elle avait perdu son sac à main dans un bar. Par chance, il y a nos noms à la première page : *Charlotte Cantarelle et Sacha von Hip-*

*pel Lindau promettent de s'aimer jusqu'à la mort
– Entrée 1ʳᵉ*… Suivi de nos deux signatures. Un gars bidon a rapporté notre *précieux* à Charlotte une semaine plus tard. Je lui ai donné vingt dollars. Il ne savait pas où était le reste du sac. Il ne savait vraiment *vraiment* pas où était le iPod et le cell. *Ransom*, Mel Gibson. On s'en crissait. C'est notre BB qu'on voulait. Il avait été kidnappé pendant une semaine. Par après, on le sortait de la maison seulement pour se l'échanger. Il y a tellement de contenu dans ce truc. Des récits de voyages, des billets de train. Bon. Je m'emballe. J'en dis trop, mais c'est important pour nous. Vraiment.

Group Four.

Je ne pourrai pas dormir. J'aimerais partir loin. J'adore le train. Le bus. L'avion. Pas parce que je suis un grand voyageur ou un citoyen du monde ou n'importe quelle autre bullshit hippie. J'aime *être* dans un moyen de transport. Le fait de me trouver entre deux destinations. Pas au départ, pas à l'arrivée. Juste quelque part. Une place floue en train de regarder le paysage défiler. Être nulle part. C'est là que j'arrive le mieux à récupérer mes innombrables heures d'insomnie.

Je regarde Charlotte dormir. Je ne la reconnais pas. Ce soir, il y a une inconnue dans mon lit. Un visage, des seins, un dos. Je les vois pour la première fois. Pourquoi il y a une fille random dans mon lit? Elle respire. Je n'ai pas arrêté la musique encore. Mon ami médecin a raison. Je ne suis pas un être humain valable. Je suis accro aux larmes. Un champ de mines, cette fille. Ce soir, j'ai marché sur un piège. Un bout de moi a explosé. Je pourrais faire mon bon soldat. Je pourrais piquer la fiole de morphine dans ma cuisse. Soldier's joy. Je pourrais prendre le corps inanimé de Charlotte et le câlisser dehors. Je pourrais stopper l'hémorragie. Je l'haïs plus que jamais, j'ai envie de l'aimer plus que jamais aussi. Je suis junkie d'occasion. Pas un total junkie, mais presque. Je veux continuer à traverser la zone minée tout droit, la tête haute. Un pied devant l'autre. Une jambe à la fois. Têtu comme un âne. Une mule ? J'ai envie de la baiser encore. J'ai envie de regarder notre sextape pour voir si sa face était sincère quand elle le faisait avec moi. J'ai surtout envie de lui tenir la main. Enfant perdue. Abandonnée. Triste. La main de Cha est dans la mienne. Je la tiens fort. Je flatte son pouce. Comme un mantra pour m'endormir. Ça marche. Ce soir, je m'endors. Pas profondément, mais presque.

Épicerie thématique qui finit en « i », liste :
— *Céleri*
— *Sushis*
— *Piri-Piri (compte pour double)*
— *Bocconcini*
— *Riz*
— *Boulette de riz*
— *Poitrine de pouletti (Sacha, arrête de tricher)*
BB — Entrée 27

La peste acide

J'ai passé quatre jours dans mon lit. Parfois, j'ai des difficultés soudaines à respirer. Je frissonne et je pleure pendant que tous les muscles de mon corps se crispent hors de mon contrôle. Je ne mange que des toasts. Tout s'aligne pour que je développe le scorbut. Je ne suis pas capable de me concentrer pour lire parce que je n'arrête pas de penser à tout ce que je déteste ou veux tuer. J'ai essayé d'aller à l'université, mais je ne suis pas débarqué de l'autobus. Je me suis rendu au bout du trajet et je suis revenu. Boomerang. Debout, meringue! Là, j'arrive du magasin. J'ai acheté la troisième saison de *24*. Dans une crise dépressive, c'est un baume. Ce n'est pas tant un antidépresseur ou une pilule quelconque, c'est plutôt comme s'acheter des jeans neufs ou un festin de St-Hubert. Combo côtes levées et filets de poulet avec sauce fruitée, salade de chou traditionnelle et brownie. C'est éphémère. Ça dure le temps que ça dure, mais c'est correct comme ça. Je veux réécouter la saison en temps réel. Jack Bauer doit sauver le monde en une seule journée. Je commande de la pidze. Je starte le premier épisode à 1 heure p.m. et je vais terminer le dernier à 1 heure p.m. demain. Sans les pauses publicitaires, un épisode équivaut environ à quarante-trois minutes. Ce n'est pas un vrai de vrai around the clock. C'est environ quoi ? Je ne sais pas, dix-huit heures en tout ? Du temps pour répondre au livreur de Domino's, aller pisser, me faire des drinks, réchauffer une pointe, me servir un gâteau, aller au dep me chercher des cigarettes comme un gros BS. La saison 3, c'est ma préférée. Kim Bauer est encore en action. Tony Almeida aussi. Jack doit empêcher une attaque bactériologique contre les États-Unis. Il infiltre la bande d'un important caïd sud-américain qui aurait des liens quelconques avec un terroriste en possession d'un virus dangereux. Cette saison est bad ass. Des armes chimiques, des trahisons, des maladies. J'aime ce genre de thriller où les méchants finissent toujours par être américains. C'est une éternelle recréation de la guerre civile. J'ai habité avec Paul pendant un an avant de déménager seul. Lui et moi avons regardé toutes les saisons de *24* ensemble. Après, j'étais tellement fou de la série que j'ai forcé Charlotte à la réécouter avec moi. Je pensais qu'elle détesterait. Non ! Elle est tombée en amour aussi. Je sais que Cha est malléable, mais je n'avais jamais prévu qu'elle serait aussi vendue pour *24*. Je me souviens encore de la semaine où nous avions regardé la saison 3. C'était l'hiver. Il faisait très froid. Un janvier intense où on a le goût de se cacher dans un tas de laine. On écoutait cinq épisodes par jour environ. Des chocolats chauds. Des couvertures. Je ne sais pas pourquoi, mais on était vraiment horny pendant le visionnement de cette saison. On ne pouvait jamais finir une heure sans baiser quelque part dans le salon. Les genoux sur le divan, la face dans le mur. Pourtant, ce n'est pas le genre d'émission qui donne envie. C'est très prude, c'est diffusé à Fox, ça parle juste de fusils et de terrorisme. Après quelques jours, on s'était rendu compte de la situation, alors on a voulu relever un défi : regarder un épisode complet assis l'un à côté de l'autre complètement nus, mais sans se toucher. On a réussi. Aussitôt que le dernier *b-boum b-boum* verdâtre du cadran a clignoté durant les dernières secondes de l'épisode, on s'est sauté dessus comme des animaux. Un peu comme des libellules collées en plein vol. Fusion et toute la shit.

Mon père m'attend à son bureau. J'avais dit que je passerais cette semaine pour l'aider à classer des dossiers. Je m'habille avec mon trench et mes grandes bottes de cuir. Je sors sur le balcon pour tâter la température. Le voisin d'en face me regarde. Il a peur de mon accoutrement noir. Je le fixe dans les yeux et j'attends qu'il me regarde. Je voudrais mettre mon pouce dans ma bouche et le mordre jusqu'à entendre le craquement de l'ongle sous ma molaire. J'insérerais ensuite le reste de ma main en prenant bien soin de déchiqueter chaque jointure avec mes canines avant d'avaler la majorité des fragments d'os et de chair. Un gag reflex m'obligerait à arrêter.

Le voisin décide de me parler :

— T'es-tu déguisé en nazi, avec tes bottes pis ton trench de cuir ? En Joseph Gobeil ou en Hermann Guérin ?

C'est Joseph *Goebbels* et Hermann *Göring*. Connais donc tes nazis !

Je retourne à l'intérieur et sors de mon appartement par la porte principale.

J'entre au bureau de mon père et la réceptionniste me salue. Le personnel me connaît depuis que je suis kid. Au primaire, je passais des après-midi ici quand ma gardienne se cancellait pour ses cours de gymnastique, avant, I might add, qu'elle devienne légume après une chute en compétition. On l'a remplacée par après. Anyway. La secrétaire me donnait du papier et des crayons quand je venais la voir. Elle avait toujours plein de stylos de toutes les couleurs. Je me pratiquais à écrire en essayant de ne pas trop respirer son parfum cheap. Je recopiais les lettres de mon cahier d'écriture. Une page de *A*, une page de *B*, etc. Mon préféré, c'était le *F* en cursive. La boucle était l'fun à faire. Le temps passait et je ne m'en rendais pas trop compte jusqu'à ce que mon père descende et me ramène à la maison. On arrêtait à la boucherie ensemble et il me laissait choisir le dessert — c'était comme une sorte de boucherie-pâtisserie.

Il est déjà tard. J'arrive au labo et mon père m'accueille.

— Sacha, avant d'aller dans le bureau, je vais te montrer quelque chose ! il dit.

Il est toujours excité dans son laboratoire. Un employé en sarrau regarde dans un microscope. Il porte un masque. Des lunettes sont remontées sur son front. Mon père me tend un masque et des gants. Tout est blanc et stainless. La température est hyper contrôlée.

— Regarde dans le microscope, Sacha. Tu vas trouver ça intéressant.

Je m'approche. L'employé s'empresse de me laisser la place comme si j'étais une sorte de prince. Il fait froid. J'ai de la difficulté à plier le bout de mes doigts. Je regarde un peu. Je ne suis pas emballé. Mon père continue son monologue avec sa voix toujours enrhumée :

— Il y a une épidémie de chenilles au Mexique, à Michoacán, depuis deux mois. C'est une espèce très coriace, alors il a fallu développer un pesticide très puissant.

O.K., c'est intéressant. Je m'en crisse ?

— Ah ouin ? Et le produit est prêt ? je demande.

— Tout est dans les fioles que tu vois dans le coin de l'entrepôt. Prêt à partir ! Là-bas, ils vont pouvoir diluer chaque fiole dans vingt gallons d'eau avant de l'épandre.

J'agrandis mes yeux et je bouge la tête pour montrer mon admiration. Mon père regarde l'employé qui travaille dans le coin. Il s'était mis à fouiller dans un dossier pendant notre conversation.

— Michel, ça va être correct pour ce soir, tu peux rentrer. On finira ça demain. Sacha, toi, tu peux monter dans mon bureau, je te rejoins dans un instant pour te montrer ce que je voulais. Faut juste que je fasse un appel.

Après sa phrase, mon père sort de la salle avec son cell à la main. Les jointures m'élancent comme le criss. J'ai oublié mes painkillers chez moi.

Je monte. On peut voir une partie du laboratoire par la fenêtre. L'architecte s'est peut-être inspiré de la disposition de la CTU dans *24*, saisons 1 à 5. Counter

Terrorism Unit, Los Angeles. Je m'assois sur la chaise de cuir. Je regarde les photos de golf sur le mur. Je n'aime pas le golf. Je ne pourrai jamais avoir la job de mon père si je ne suis pas capable de jouer au golf. Qu'est-ce que je vais afficher au mur? Des photos de mon chien? De ma queue? Chaque fois qu'on m'a forcé à aller sur un terrain, je faisais juste regarder les balles et m'imaginer des boules chinoises. Des boules chinoises érotiques, là, pas celles de stress qu'on roule en duo dans une main. Ça me prendrait un sport comme le bowling pour arrêter de m'imaginer des cochonneries avec les boules. Quoique, la forme de la quille est assez suggestive. De toute façon, je ne peux pas faire plus que cent mille dollars par année et jouer aux quilles. C'est incompatible. Il faut que je me trouve un sport. Les avocats font du ski, les bankers du racquetball, les médecins font du vélo, les millionnaires de l'équitation. Il me reste quoi, moi, si je n'aime pas le golf? Le tennis? Peut-être. L'escalade? Trop hippie.

— À quoi tu penses, Sacha?

Mon père entre dans le bureau. Il me reproche souvent d'être lunatique. Je viens encore une fois de lui donner raison. *Tu dois vérifier la pile de dossiers sur le classeur. Blablabla. Oublie pas de corriger ci, de surligner ça.* Le plein air. Ark. Tous les phoney qui s'achètent des gourdes Moutain Equipment Coop. Me semble, une bouteille d'eau normale ça fait l'affaire, non? Une gourde, osti. Aviron? Trop Ivy League. Escrime? Trop fif.

— T'as bien compris?

— Heille, papa? Aurais-tu de l'Oxycodone, du Demerol ou du Dilaudid de caché quelque part, que je puisse m'en câlisser dans yeule jusqu'à ce que je fasse une overdose?

— Veux-tu venir dormir à la maison tantôt, on pourrait déjeuner ensemble? T'as pas de cours demain matin, je pense?

— Non, j'en ai pas. On verra vers quelle heure je finis.

— O.K. Je dois filer, ta mère m'attend. Appelle-moi si t'as des questions.

Je suis seul. Je roule sur ma chaise dans la grande pièce. C'est tellement prétentieux, le ski. Ça me donne envie d'acheter une AK-47 pour faire du remonte-pente. Je pourrais viser les douchebags skieurs dans leur cou de col roulé. O.K. Non. Je ne ferai pas ça pour vrai. Je n'ai quand même pas envie d'encourager des produits de l'ancienne Union soviétique. Curling? Trop Canadian. Marathon? Trop Kenyan.

Mon père me fait faire les mêmes jobines depuis que j'ai douze ans. Il n'avait pas besoin de tout me réexpliquer. Je m'installe sur le divan dans le coin. Je fais distraitement ce qu'il m'a demandé. Pour perdre du temps, je descends à la cuisine des employés. Il n'y a plus personne. Même pas la réceptionniste. Il y a juste un concierge qui fait les planchers. Je me fais un café brûlant. Je remonte. Je goûte. Il manque de sucre. Je redescends. Je ne mettais jamais de sucre dans mon café avant. J'ai commencé cette habitude en Europe. La deuxième fois que j'y suis allé, je pense. La troisième peut-être? Je devais avoir dix-sept ans environ.

Je n'ai pas envie de travailler. Je roule ma chaise derrière le bureau de mon père. C'est mon édifice, ma compagnie, mon laboratoire. Tout ça pourrait être à moi pour vrai si j'y mettais un peu de sérieux. Je retourne à mes dossiers. Je travaille. Je regarde l'horloge. J'ai oublié mon cell chez moi. Je viens de m'en rendre compte en voulant vérifier mes messages. J'ai pris le mauvais manteau. Il devait être dans la poche du vert avec le capuchon en poil. Je suis en manque de télésérie. Je devrais commencer *24* saison 4 ou la première des *Sopranos*. Si je pouvais, j'appellerais Jamie-Lynn Sigler pour l'inviter dans le bureau. Je me la ferais ici, sur le divan de cuir, sur le sol, devant la fenêtre. Ça serait une bonne vengeance contre Charlotte. *Tu as fait quoi hier, chat-chilla?* me demande ma blonde infidèle. *Ah, rien de spécial, j'ai baisé Meadow Soprano dans le bureau de mon père. Et toi?*

Mon stylo ne veut pas écrire. Je poinçonne le bout de ma langue avec la bille. Rien à faire. Je me lève pour en trouver un autre. Ceux qui traînent ne m'intéressent pas. Je me demande si mon père cache encore sa Montblanc Boheme dans le premier tiroir. Il me la laissait quand j'étais jeune des fois. J'haïssais ça. Je ne savais pas écrire avec une plume. Trop d'encre ici, pas assez d'encre là. J'ai même déjà réussi à déchirer le papier avec la pointe trop fine. J'ouvre un premier tiroir. Je ne la trouve pas. Il y a de la paperasse et des bouts de factures. Il y a un dossier avec le nom de ma mère inscrit au haut d'une page. Je ne comprends pas. Je découvre des radiographies et des rapports médicaux. Je suis tellement surpris que j'ai de la difficulté à me concentrer sur ce qui est écrit. Je regarde autour de moi pour voir si on m'espionne. Ma mère semble malade. C'est assez grave. On lui a diagnostiqué un cancer du sein. Je dépose le dossier sur le bureau. Je m'accote dans la chaise. Elle grince. Je soupire. Ce n'est pas nécessairement mortel ce cancer, mais ça peut l'être. Comme la tuberculose. Comme la grippe espagnole. Comme être kurde en Irak. Le diagnostic date d'il y a un mois. Je ne suis au courant de rien, moi, dans cette famille? Je range les papiers. Je remets tout en ordre. J'ai le vertige. Je me suis levé trop vite. Je vais m'asseoir en boule sur le rebord de la fenêtre. Je regarde le laboratoire. Je ne suis pas capable de dealer avec les maladies des autres. Ça me déprime. Je n'aime pas quand on garde des secrets. Je regarde la grande salle vide. J'imagine les employés, le jour, qui grouillent comme des fourmis. Ma mère est malade? Pourquoi? Je ne veux pas qu'elle meure avant moi. Pire semaine de ma vie. Tout le monde me ment. Je pourrais appeler les gars et aller me soûler. Je pourrais texter Émilie et essayer de la fourrer. Je pourrais appeler Charlotte et tenter d'oublier tout. Ou me jeter en face d'un camion. Je pourrais manger du Nanaimo bar jusqu'à ce que je m'étouffe. Je pourrais continuer à travailler pour que mon père soit content. Je pourrais dynamiter le rocher Percé. Je suis une larve. J'ai eu une semaine de larve. Je regarde l'heure. Je devrais aller m'acheter des DVD. Je me demande si le concierge est parti. Je me lève et j'enfile mon chandail. Je prends deux crayons sur le bureau et une roulette de scotch tape. Ou *coche taïpe*, comme disaient des enfants de mon primaire aux prises avec des problèmes de diction. J'avais juste sept ans et je les trouvais imbéciles. Je me fais un revolver avec les stylos et le papier collant. Je couvre ma tête avec ma capuche. Je prends mon sac. Je suis dans un roman de Tom Clancy. Je descends l'escalier avec précaution. Je colle mon dos au mur avant d'ouvrir la porte. Je tiens mon gun d'une main, je tourne la poignée de l'autre. Il m'aurait fallu un petit miroir. J'aurais pu le glisser sous la porte pour voir si des ennemis sont dans l'autre pièce. Ksshhhh… This is special agent Sâchâ… Kssshhhhhh… Trois hostiles à quatorze heures… Kssshhhhh… Wait for my command and engage… Ksssshhh… Over… Kssshhh. Je fais quelques pas de course dans le hall et je plonge sur le sol. Je rampe jusqu'à l'entrepôt. Je pointe mon gun à travers la salle. Je suis John Dillinger. Je vise le vide avec mon arme. Je mets des lunettes protectrices dans mon sac. Je vais voir dans l'entrepôt s'il y a d'autres déguisements. Je regarde les boîtes prêtes à partir pour le Mexique. J'en ouvre une et dépose une fiole de pesticide dans la poche de mon manteau.

Avant de partir, j'active le système de sécurité. Dans la rue, je brise mon gun en deux. Je me débarrasse d'un morceau dans l'égout et je jette l'autre dans une poubelle plus loin. Aucune preuve. Je trouve Frank Sinatra dans mon iPod.

Yes, there were times, I'm sure you knew, When I bit off more than I could chew…

Mes parents sont déjà couchés quand j'arrive. Le shuffleboard? Trop vieux criss de snowbird. Ma mère arrive au haut de l'escalier sur la pointe des pieds. Elle chuchote :

— C'est toi, Sacha?

— Oui. Je pensais que tu dormais.

— Il y a un reste de salade de poulet si tu veux. Pis tu peux boire le jus aux fruits de la passion dans le frigo aussi.

— O.K. J'vais voir ça.

— Je retourne au lit. On se verra demain matin.

— O.K., bonne nuit.

J'ai failli lui dire pour le cancer, mais je n'ai pas eu le courage. C'est à elle de me l'annoncer, pas le contraire. Ma mère ne dort jamais. Je pense qu'elle fait juste semblant. Elle est au courant de chaque bruit, chaque déplacement, chaque chicane de voisins. Je vais à la cuisine. Je regarde un peu le poulet, mais je n'ai pas faim. Je prends le Sharpie à pointe grasse caché dans le tiroir à napperons et à sacs Ziploc et autres cochonneries. Je monte dans mon ancienne chambre. Je dépose mon sac et la fiole de pesticide sur le lit. J'enlève mon chandail. J'écris sur le mur. *My Way* au complet.

For what is a man, what has he got? If not himself, then he has naught. To say the things he truly feels, And not the words of one who kneels. The record shows I took the blows and did it my way!

Le boulingrin ? Trop bloke.

Pornographie

Il est trois heures du matin. Je niaise dans mon lit à l'appartement, le portable sur les cuisses. J'écrase ma cigarette dans un cendrier sur la table de chevet. Je suis sur MSN avec une folle que j'ai ajoutée à ma liste il y a deux semaines. Elle avait de belles photos sur Facebook. Elle s'appelle Laurence. Elle parle de son chum. Il a embrassé une autre fille la semaine dernière dans un party.

Lolo says : (03 : 02 : 37)

Tsais il l'a frenchée devant tlm la.

Goebbels says : (03 : 03 : 12)

Ouin c'est sur que c'est pas l'fun.

Lolo says : (03 : 03 : 45)

Est-ce que je devrais le laisser, jveux dire, té un gars toi… kess t'en penses ?

Goebbels says : (03 : 04 : 57)

Ca dépend de la situation. Je peux pas te dire quoi faire vrmt.

Je me trouve toujours drôle dans ces situations. Je veux qu'elle le laisse. Je give aucun fuck à propos de ce gars-là. Je ne sais même pas c'est qui ! J'aime aider les autres à se laisser. Ça fait du monde malheureux. C'est la malfaisance. Ça fait plus de célibataires à baiser. J'essaie de la contrarier. C'est ma tactique. *Tu devrais rester en relation avec ton loser et blablabla.* De cette façon, elle se doit de trouver des contre-arguments. Plus elle se force pour en inventer, plus elle se persuade elle-même. Je la contredis et elle creuse pour me dire qu'elle le déteste. Ça marche toujours.

Je parle à Émilie aussi. Elle a un nouveau chum. Un *fin-beau-pas-cher-grosse-queue.* Je ne sais jamais trop si je dois être jaloux des amants d'Émilie ou non. Je la connais depuis tellement longtemps. J'aurais voulu la rencontrer dans une autre situation. *C'est la vie* — accent British.

Lolo says : (03 : 07 : 48)

Tu trouverais pas ca humiliant toi si ta blonde frenchait un gars à pleine bouche devant lmonde ?

Goebbels says : (03 : 09 : 10)

Pas tant que ca honnetement, frencher cest anodin là.

Lolo says : (03 : 12 : 10)

Ben t'es bon paske plus j'y pense pis plus je suis humiliée en osti dans le fond.

Charlotte a de la difficulté à croire qu'il n'y a jamais rien eu entre Émilie et moi. Elle a déjà passé une nuit à tout relire ma vieille correspondance email du secondaire. Elle n'avait rien trouvé hors de l'ordinaire.

Je n'ai pas sommeil. Le laptop réchauffe mes jambes. C'est inconfortable, mais je n'ai rien d'autre à faire. Charlotte voulait me voir. Je n'ai pas rappelé. Je l'évite. Je navigue sur les sites de torrents pornographiques tout en jasant. Je ne sais pas vraiment ce que j'ai envie de télécharger ce soir. Le nouveau vidéo de Casey Parker est sorti, mais c'est trop mainstream à mon goût. Elle, pour moi, est comme une pornstar de sûreté. Son corps ressemble passablement à celui de Charlotte, ce qui est triste et réconfortant à la fois. Triste parce que ça me fait m'ennuyer de Cha. Réconfortant parce que je ne sais pas. Juste réconfortant. Comme des pantoufles. Comme une blondasse. Comme une Marilyn Monroe.

Le premier film de Mme Parker est un party surprise. Un genre de concours porn. Tu sais, t'envoies ton curriculum et ton portfolio et tout le reste? Anyway. Une équipe de tournage se pointe chez elle à l'improviste pour lui apprendre la bonne nouvelle. Elle est excitée. Elle sautille de joie. Les acteurs viennent s'installer dans son salon. En avant, en arrière, bing bang, cumshot, c'est fini! Assez conventionnel. Casey est jolie, mais un peu fake. Elle n'aime pas le sexe autant qu'elle le montre. Ce n'est pas Sasha Grey ou Brandi Belle. Jamais d'anal pour la princesse Casey Parker. No trespassing! Ni doigt ni shaft! Ni dieu ni maître.

Emilielerat says : (03 : 10 : 10)

Kesse tu fais tu réponds pu… tu regarde dla porn?

Emilielerat says : (03 : 15 : 11)

allo?

Emilielerat says : (03 : 20 : 24)

Bon t plate…

Goebbels says : (03 : 25 : 11)

Ah eeeee ouais drette ca t'es drole.

Emilielerat says : (03 : 26 : 58)

Je suis sur cest ca !

Goebbels says : (03 : 27 : 28)

Bah j'en checke pas vraiment en fait là, je trouve celle que jpourrais p-e me loader

Toi t'en regarde ?

Emilielerat says : (03 : 28 : 41)

Présentement non.

Goebbels says : (03 : 29 : 12)

Eeeee kesse ca veut dire ?

Emilielerat says : (03 : 31 : 00)

Ben pas présentement, c'est ce que ca veut dire.

Goebbels says : (03 : 31 : 10)

Ah je savais pas que ctait dans tes habitudes.

Emilielerat says : (03 : 31 : 24)

Ben pas dans mes habitudes, mais tsais ca m'arrive des fois comme tlm.

Goebbels says : (03 : 31 : 40)

Dis-m'en plus !

Emilielerat says : (03 : 32 : 18)

Meme ta blonde surement qu'elle en regarde des fois !

Gobbels says : (03 : 32 : 38)

Ouin mais pas tant jpense… tk pas autant que toi haha.

Charlotte, je ne sais pas. Je ne connais plus rien d'elle. J'ai déjà fouillé dans son journal intime d'enfance. J'avais tout lu. Aucune mention de porn. Aucune mention de son père non plus. Aucune mention de rien.

Dommage. J'aimerais en savoir davantage sur son père. On en a déjà parlé, mais je n'ai jamais eu de vraie réponse. Je ne sais pas où il a disparu. Avec une actrice porn peut-être? En mission secrète des Navy Seals et son corps n'a jamais été rapatrié? Probablement juste une autre histoire pathétique! Il a l'air gay sur les photos. Je dis *les* photos, mais j'en ai vu deux seulement. Charlotte et son père bio, c'est style gouvernement chinois. On n'en parle pas et, à l'occasion, on réécrit même l'histoire. C'est du révisionnisme familial.

Goebbels says : (03 : 34 : 48)

Des fois, te touches-tu en parlant à tes amis sur MSN genre?

Emilielerat says : (03 : 36 : 02)

Ouais ca m'est p-e déjà arrivé…

Ce soir, j'ai envie de quelque chose de vrai. Je veux voir un orgasme réel sur mon écran. Je veux une face crispée. La section home-made du site de torrents est remplie de ce genre de truc. Des gars qui ont filmé leur fiancée avec un cellulaire, des filles intoxiquées qui se tortillent dans une salle de bain de club. Des fois, c'est juste la webcam qui est restée ouverte. D'autres fois, c'est une handycam comme celle que j'avais avec Cha qui fait un plan unique de plotte pendant dix minutes. O.K., je n'ai pas étudié en cinéma, mais il me semble que j'aimerais bien un plan réaction suivi d'un plan d'ensemble avant de retourner à la friction génitale, non? Moi, perso, un vagin anonyme, je trouve ça plate.

Une fenêtre s'ouvre dans mon écran. Ça ralentit

mon ordinateur pendant quelques secondes. C'est Julia,
la chanteuse.

Julia — LoveMaking on Screen — says : (03 : 39 : 58)

Hey !

Goebbels says : (03 : 40 : 11)

Hey, toi ! Té pas couchée ?

Julia — LoveMaking on Screen — says : (03 : 40 : 40)

Non j'arrive pas à m'endormir, mes parents sont
rentrés de voyage tantot jsuis allée les chercher à l'aéro-
port genre à minuit.

Goebbels says : (03 : 41 : 08)

Là ca te tente tu de te toucher pendant qu'on parle
mettons ?

Emilielerat says : (03 : 41 : 33)

Ta gueule t con.

Goebbels says : (03 : 41 : 59)

Ben jdis ca de meme là.

Emilielerat says : (03 : 42 : 21)

Si jle fais pis jte le dis ca va devenir une sorte d'adul-
tère.

Goebbels says : (03 : 42 : 39)

Rapport ?

Emilielerat says : (03 : 43 : 03)

Ben ca deviendrait comme du websex pis ca serait
comme si tu trompais Charlotte

Goebbels says : (03 : 43 : 31)

Ben non tromper cest quand deux corps se touchent, ce qui ne pourrait pas arriver vu que t chez
vous…

Emilielerat says : (03 : 43 : 50)
Tromper cest dans la tete, Sacha :)

Dans dix minutes, j'aurai en ma possession un segment sur lequel une Indienne se tape une double péné-
tration des doigts. Elle a l'air jolie. Jolie et gentille. Il y a
quelques photos. La description du vidéo sur le site de
download indique : *100 % home-made stuff! The girl's
wet! Nice DP!* Vendu.

Ma connexion est lente, le vidéo n'arrive pas aussi
vite que je le souhaiterais. La Laurence conne de tantôt
ne m'a pas répondu depuis un bout. Elle est peut-être
partie. J'entends une voiture klaxonner dans la rue et je
me sens visé.

J'ai mon dossier Casey Parker, mon dossier Sasha
Grey, mon dossier Lexi Belle. La plus impressionnante,
c'est SaSha — avec un *S*, pas un *C*. Elle fait tellement de
films ! C'est difficile de se tenir à jour. Dans le dernier, elle
est attachée. Elle pend du plafond. Un homme cagoulé
lui écarte les jambes et lui squeeze des pinces sur les seins.
Ensuite, il prend un bâton-dildo (manche à balai sup-
portant un dildo sur son bout préalablement fixé à l'aide
d'un sophistiqué bout de duct tape) et la pénètre jusqu'à
ce qu'elle simule l'orgasme. Il revient à la charge, plus
tard, avec un arrosoir d'une pression assez intense et vise
son entrejambe. Sasha se débat de douleur, ou de plaisir,
ou des deux, c'est difficile à dire. C'est malsain. Je pense
que Charlotte aimerait cette position. Elle jouirait vite.
Je me demande si Freud aurait eu le temps d'inventer la
psychanalyse s'il avait connu la belle et énigmatique

Sasha. Au lieu de s'interroger sur la source de ses pulsions, il se serait peut-être crossé non-stop. Sasha Grey n'a peur de rien. La pornstar parfaite! Il y a une légende urbaine qui raconte qu'elle aurait un quotient intellectuel de plus de 150. Je n'y crois pas vraiment. C'est amusant de penser qu'une pornstar aussi trash se rapproche davantage du QI d'Einstein que de celui du commun des mortels. Elle a joué dans un film (un vrai) de Steven Soderbergh. *The Girlfriend Experience.* Je ne l'ai pas vu.

Goebbels says : (04 : 04 : 09)

Avais-tu vu la photo de ma main qui saignait à ton show?

Julia — LoveMaking on Screen — says : (04 : 04 : 30)

Eeeee non?!

Goebbels says : (04 : 04 : 41)

Ça fait un bout, mais je l'ai quelque part, attends…

C'est quoi le nickname de Julia? LoveMaking on Screen? Je le google. Je ne trouve rien de concluant. Ça doit être une parole de chanson. Je cherche love making on screen + lyrics. Je tombe sur une page de PJ Harvey. C'est un passage de la chanson *This Mess We're In.* Un duo avec Thom Yorke. C'est bon. J'aime ça. Je downloade l'album. Je pense déjà l'avoir en CD dans le salon, mais je suis trop lâche pour aller fouiller. Je fais de la fièvre. J'ai mal aux trous d'yeux.

Julia — LoveMaking on Screen — says : (04 : 06 : 21)

Woahh ta pic de main! Tu saignais don ben! Toi et ta blonde vous êtes comme Kurt Cobain et Courtney Love.

Goebbels says : (04 : 06 : 57)

Hehe…

Julia — LoveMaking on Screen — says : (04 : 07 : 10)

Hey, faudrait qu'on se revoie bientôt !

Goebbels says : (04 : 07 : 30)

Oui j'avoue.

Julia — LoveMaking on Screen — says : (04 : 07 : 50)

Voudrais-tu qu'on aille prendre un verre ou kek-chose ?

Goebbels says : (04 : 07 : 59)

Avec le monde genre ? Ouais c sur !

Julia — LoveMaking on Screen — says : (04 : 08 : 23)

Ouin… ou juste toi et moi si tu veux.

Je viens d'ouvrir un Sasha Grey. Un gangbang. Ils sont dix dessus. Mon ordinateur gèle. Il est fatigué. Il est vieux, le pauvre. Le vidéo fige sur le gros plan d'une queue géante. J'en ouvre un deuxième. Un assez drôle ! Je le conserve pour rire. C'est une quinzaine de filles. Il y en a une d'assise dans une piscine en plastique pour enfants. Tour à tour, les quinze filles viennent éjaculer dans sa figure. Tout le jus s'accumule dans la bassine.

Goebbels says : (04 : 11 : 00)

On parle de quoi avec toi à 4am ?

Julia — LoveMaking on Screen — says : (04 : 12 : 02)

Je sais pas ? Tu me poses des questions ?

Goebbels says : (04 : 12 : 29)

Mmm… O.K. ? As-tu déjà trompé un de tes chums ?

Julia — LoveMaking on Screen — says : (04 : 12 : 41)

Haha ! Faut-tu vrmt que je réponde à ça !

La conversation a envie de me faire bander. J'aime bien flirter sur MSN. Peu importe ce que les puristes vont dire, une rencontre sur le web est moins superficielle qu'une rencontre dans un bar. Premièrement, on a accès à des millions et non à une simple centaine de personnes se trouvant par hasard dans un même lieu physique. Deuxièmement, sur Facebook, on peut voir les infos et les champs d'intérêt d'une personne. Dans un bar, on est obligé de juger sur l'habillement et l'apparence. Je n'ai jamais été bon pour ramasser des filles en one-night. Ça m'a toujours fait chier. Sur Messenger, je peux discuter, montrer ma personnalité, me rendre adorable. J'haïs ça arriver dans un club, payer des drinks, essayer d'impressionner, partir avec un numéro de téléphone. Les bars, ça pue, il y a plein de monde laid, il y a plein de losers. Le web m'a servi tant de baises, tellement de filles que je n'étais jamais supposé revoir. Un email par-ici, un petit poke par-là. Même Charlotte, O.K., je l'ai rencontrée dans un bar, mais notre relation s'est vraiment approfondie après des heures et des heures de *chat*. On s'aime à la folie depuis. Vous voulez quoi de plus réel, gang de Unabombers?

Goebbels says : (04 : 25 : 50)

Scuse j'étais à la salle de bain… C'est à ton tour de poser une question.

Julia — LoveMaking on Screen — says : (04 : 26 : 06)

N'importe quoi?

Goebbels says : (04 : 26 : 29)

Go!

Julia — LoveMaking on Screen — says : (04 : 26 : 43)

Aurais-tu envie de me voir nue ?

Goebbels says : (04 : 27 : 01)

Maintenant ? Ou un jour, genre ?

Julia — LoveMaking on Screen — says : (04 : 27 : 11)

J'ai le goût d'ouvrir ma webcam.

Émilie me dit qu'elle doit aller dormir. *Bisou-bisou machin bonne nuit.* Une fenêtre s'ouvre dans un coin. C'est Julia. Elle est en pyjama. Je la vois bouger et rire, mais je ne l'entends pas.

Julia — LoveMaking on Screen — says : (04 : 32 : 01)

Dis-moi quoi faire.

Goebbels says : (04 : 32 : 35)

Déshabille-toi. As-tu un vibrateur ?

Julia — LoveMaking on Screen   says : (04 : 33 : 01)

Oui, mais je veux pas l'utiliser, sinon ça va aller trop vite.

Goebbels says : (04 : 34 : 01)

J'ai envie de t'attacher et de te pendre dans les airs.

Julia — LoveMaking on Screen — says : (04 : 35 : 28)

Ohhh.

Goebbels says : (04 : 35 : 59)

Et de t'utiliser avec un bâton.

Julia est nue. Sa bush est assez présente pour une gothique. Peut-être qu'elle n'aime pas les rasoirs. Ses jambes sont écartées et je peux voir ses pieds bien distingués. Doux. Raffinés. Ongles maquillés avec délicatesse. D'où ça sort mon attirance pour les filles trash ? Et les danseuses? Et les chanteuses? Les bipolaires? Mon père est scientifique for fuck's sake. D'où ça sort leur intérêt pour moi? Ça aussi, c'est valable comme question. Il y a Death Cab for Cutie en boucle dans mes écouteurs. *Love is watching someone die.* Mes jambes sont trempées de sueur. Je vais changer mes draps demain. Mon dos est décâlissé. J'ai mal. Mes genoux élancent.

Julia — LoveMaking on Screen — says : (04 : 36 : 23)
Continue!
Goebbels says : (04 : 36 : 45)
Tourne-toi et penche-toi devant la caméra. Utilise tes deux mains.

What Sarah Said recommence et j'entends encore les paroles : *Love is watching someone die.* Mes yeux picotent. Ils ne sont pas conçus pour la vision nocturne. Ça prouve que je ne suis pas un vrai chat, malheureusement. Julia fait tout ce que je lui dis. Je viens de réaliser que le websex est un moyen de contraception. Intéressant, non? Je viens aussi de réaliser que j'ai passé trois heures à chercher de la porn et non à lire ou à étudier. Le vidéo de l'Indienne n'arrive toujours pas.

Julia — LoveMaking on Screen — says : (04 : 49 : 08)
Est-que tu me donnes la permission de finir?

Je ne réponds pas. Je me lève. Mes genoux craquent. Je prends ma caméra vidéo. Je fouille dans mon tiroir. J'ai vraiment envie de fourrer ma blonde dans le cul présentement. Je trouve ma petite cassette de handycam entre une bouteille de Prednisone et de vieilles factures.

Je trouve aussi la fiole de pesticide que j'ai volée au labo de mon père et je la dépose sur mon pupitre. J'appuie sur la touche play de la handycam pour regarder le tape des jeux de Charlotte et moi. Jeux intimes. Jeux tabous. Jeux en night vision. J'oublie mon ordinateur. J'oublie mes trois cents gigs de porn. J'oublie Casey Parker et Sasha Grey. J'oublie Julia. J'ai tout ce qu'il me faut. Ma propre porn à moi. Je suis petit, faible, maladroit, méchant, pervers, fauve. Je suis l'imposture aux côtés de la grande, belle, talentueuse, un peu méchante, un peu perverse, un peu malhonnête Charlotte.

J'entends un troisième coup de criard dans la rue et je me dirige vers la fenêtre. J'aperçois un taxi jaune en face de ma porte. Je retourne à ma chaise.

Je regarde la fiole de pesticide, l'ordi et le mur devant moi. Je quitte MSN sans saluer Julia. Je regarde ma tasse de thé. Je ferme mes vidéos et j'écoute la chanson une dernière fois. C'est Charlotte qui m'a fait découvrir Death Cab. Je pense à elle. Tendrement. Je pense aussi que j'aimerais beaucoup aller voir un psy, mais je ne suis pas game de demander à mon père pour le cash.

Combat Baby

Charlotte a cogné à ma porte pendant la nuit de mer-
credi. Elle était embarrée dehors. Drôle d'expression.
Anyway. Je n'ai pas ouvert. C'était peut-être mardi, je ne
m'en souviens plus. J'essaie de réfléchir pendant un
moment. La prof me dévisage avec des yeux de hibou.
J'écris quelques mots qui n'existent presque pas dans
mon cahier pour faire semblant de prendre des notes :
bonjour monsieur pisse comment allez-vous ? Je n'ai pas de
difficulté à l'école. Toujours des A. Je regarde Facebook
sur mon iPhone et il y a au moins quatre filles online que
je rêverais d'acheter (name-drop : Houellebecq). Je ne
suis pas mieux qu'un chien. Je me sens aussi croche que
les gars dans un roman de Marie-Sissi Labrèche, Nelly
Arcan ou n'importe quelle autre *Putain*. Un écœurant
gluant qui a mauvaise haleine. Un gros. Un porc. Un
gars. Je me sens traître. Je veux appeler Charlotte en
pleurant pour qu'elle vienne m'embrasser sous la pluie
(name-drop : *Breakfast at Tiffany's*). J'ai une démangeai-
son derrière le genou. Je ne sais pas si c'est ma maladie
ou un cas de leishmaniose qui se développe. Je toussote.
Je regarde le plafond. Je peux entendre la ventilation. Pas
un bruit trop achalant, mais un bruit quand même. Une

sorte de laryngite d'ours sans fin. Je reçois un texto de Paul : *Lis Origin of the Species, ça va te remettre les idées à la bonne place.* Je pense qu'il devine que je ne feele pas ces temps-ci. La professeure retourne derrière son bureau pour prendre une gorgée de café. Il y a des petites traces de rouge à lèvres sur sa tasse. Elle prend un instant pour consulter ses notes avant de recommencer à parler :

— Maintenant, j'aimerais qu'on regarde quelques images du foie afin de vraiment comprendre son…

Le débit de paroles est interrompu par une voix qui semble sortir de l'intercom. Le message se diffuse dans notre local, mais on peut aussi entendre l'écho dans les corridors. Il y a un effet gricheux sur la tonalité du gars trop serein pour la situation.

Ceci est un message très important provenant du bureau de la sécurité. Nous demandons à tout le personnel et aux étudiants de sortir du terrain de l'université immédiatement. Nous avons reçu des menaces que nous nous devons, par protocole, de prendre au sérieux. Nous vous invitons à rester calmes et à évacuer le périmètre de façon ordonnée.

Le message terminé, l'alarme de feu se déclenche. Mon cœur se met à battre. Un tireur fou ? Une bombe ? Un attentat ? Anthrax ? J'aime ce sentiment, celui de la proximité du danger. C'est à ce moment qu'on arrête de vivre pour commencer à survivre — c'est à ce moment-là qu'on vit. J'aurais tant aimé faire partie du débarquement de Normandie ou de la révolution russe. Je rêve souvent à la guerre. Civile surtout. Manger des bouts de pain dénichés au troc contre une barre de savon ou de chocolat. Trouver des munitions pour détruire l'ennemi. Se cacher dans les tunnels du métro parce qu'il ne fonctionne plus. Je me lève et me prépare à sortir. Plusieurs courent, mais la majorité des étudiants marche d'un pas rapide. On peut dire qu'il y a un semblant de self-control. Certains sortent si affolés qu'ils oublient leurs affaires sur les tables. Des menaces, je veux bien, mais je ne suis pas lunatique au point d'oublier mon stylo préféré. Mon cerveau est zen. Comme si je venais de prendre un bain. Comme si je venais de manger une boîte d'Oreo. On vient de m'annoncer que je vais peut-être mourir et je suis en paix avec cette idée.

À l'extérieur, les réactions sont partagées. Certains rient et fument en se moquant de la situation. Un peu le même genre qui refuse de se faire vacciner et qui pense que l'homme n'a jamais marché sur la Lune. D'autres se sauvent comme si leur chemise était en feu. Moi, je me poste plus loin et j'observe le travail des pompiers et des policiers. Je suis un petit enfant devant les professionnels. Je devrais tout lâcher et devenir policier. J'aime le mot *police*. C'est un beau mot. L'autorité. L'ordre.

Toutes les stations de télévision sont dans la rue. Elles font des reportages. Je me demande si une caméra va capter l'école lorsqu'elle explosera en mille morceaux comme la Maison-Blanche dans *Independence Day*. Je marche tranquillement près des journalistes pour essayer d'entendre leurs reportages. *L'université en est à sa troisième alerte à la bombe en deux mois… Certains étudiants semblent dire qu'ils auraient vu un homme armé dans la bibliothèque, mais cette information n'est pas encore confirmée… Je me trouve ici avec Isabelle, qui a trébuché dans l'escalier en essayant de sortir et s'est cassé l'orteil… blablabla.*

Mon téléphone vibre. C'est Charlotte. Je veux ignorer l'appel. Je ne suis pas capable. Je suis trop excité par les lumières bleues et rouges. Je dois parler à quelqu'un.

— Salut, chat, je réponds.

— Allo, p'tite boule. Tu veux me parler, maintenant? elle dit d'une voix timide.

— Arrête, là… Il y a des polices partout! Ça flashe! Viens voir ça!

— Ouin je sais. Pourrais-tu venir me rejoindre?

Elle parle comme si elle allait pleurer.

— Qu'est-ce qu'il y a? j'ai répondu. Chigne pas, O.K.!

— Je me sens pas bien. Faut que je te parle. Ça fait des jours que je veux te voir.

— T'es où?

— Pas loin du métro Frontenac.

— Ark! Non! Je mets pas un pied dans Hochelag!

— Ben là, c'est même pas dans Hoche, c'est limite, genre.

— Passé Papineau, c'est toute Hochelag. Viens me rejoindre au petit café pas loin de chez moi à la place, O.K.?

Je regarde la scène une dernière fois, au cas où il s'agirait du moment exact d'une détonation. Rien ne se produit. Je pars rejoindre Charlotte. Je me demande ce qu'elle veut bien m'annoncer. Elle m'a trompé avec un

Hawaïen? Un Finlandais? Dans la ruelle? Pour se venger des appels ignorés? Mes mains sont moites. Je déteste ça. Il y a deux gars qui passent devant moi en courant. Est-ce que Charlotte va me dire qu'elle s'est trouvé une gig dans un club de danseuses? Je ne serais pas étonné. Elle aime montrer ses seins. C'est sa job de danser, anyway. Elle a décidé de devenir lesbienne? Elle déménage à Tofino et apprend à surfer avec son blond? Le vrai rêve. West coast, California girls, Seattle, toute la shit. Je marmonne quelques mots doux pour elle à moi-même. Avec une voix d'enfant inquiet :

— Chat, petit chat-chinchilla, laisse-moi pas tomber…

Je me prépare des arguments. Discours de *reste avec moi*. Discours de *va chier*. Discours de *je m'y attendais*. Je prends une grande respiration. Je suis distrait par mes propres pensées. Dans l'autobus, il y a une Portugaise qui allaite un chien. Cha m'aperçoit à travers la fenêtre. Elle sort me rejoindre. Je gratte mon genou. Elle ne dit rien et me prend par la main. Elle me tire vers la ruelle. Il y a des graffitis de mauvais goût et un grand container vert. Ça pue. Je vois une trace de jus séché provenant du tas de déchets. Charlotte se met à pleurer :

— C'est fini entre nous deux, c'est ça? elle dit.

— Ben non. Tu sais que non.

— Pourquoi tu veux plus me voir, d'abord?

— Ben là? Est-ce que je suis invisible ou quoi?

— Pis les deux dernières semaines?

— Je voulais juste un peu réfléchir. J'ai le droit, non?

J'ai envie de m'asseoir parce que mes genoux me font vraiment mal. Charlotte continue :

— Chat, l'autre soir, j'ai…

Mon cœur recommence à battre. Je me prépare à régurgiter mon discours de *va chier je t'haïs.* Je m'énerve :

— L'autre soir, t'as quoi ?

— L'autre soir, je suis allée chez toi pis j'ai vu que t'avais changé la serrure. J'étais vraiment frue. Je me suis rappelé que t'avais un cours aujourd'hui, et j'ai pas trouvé d'autre moyen d'entrer en contact avec toi que d'appeler le 911 pour leur dire que j'avais vu quelqu'un avec un fusil sur le terrain de l'université.

— O.K.

— À la télé, l'autre jour, ils ont dit qu'ils ont pas le choix d'évacuer quand il y a une alerte comme ça, vraie ou bidon.

J'aurais aimé prendre part à l'acte. Elle enchaîne :

— Je réfléchis pas, moi. J'agis juste. C'était une mauvaise idée. Je m'excuse.

— C'est correct, Cha. *La vie, c'est juste une série de mauvaises idées,* tu te souviens ?

Je fais semblant de prendre une pose sévère pour la chicaner. Il y a un silence. Elle a peur de ma réaction.

— Le cours était plate, anyway.

Charlotte échappe un rire court. Elle se ronge un ongle pendant un instant avant de se mettre à m'attaquer. Elle me roue de coups. Des coups de fille. Je tente de lui attraper les poignets. Elle crie :

— T'avais pas le droit de me dire des méchancetés comme ça sur moi pis ma famille pis de te sauver après !

Ça fait deux semaines que je pense juste à ce que tu as dit pis j'ai le goût de me tirer une balle.

Je ne dis rien. Elle continue :

— Pourquoi t'as été aussi méchant avec moi ? O.K., ma mère a peut-être pas autant d'argent que vous pis elle m'a eu jeune pis toute, mais c'est pas une raison pour me cracher dessus !

Je reprends mon souffle et je commence :

— Pas une raison ? Voyons, Charlotte, osti ! Tu fourres avec un surfer pas rapport pis j'ai pas le droit d'être méchant ? C'est même pas si pire ce que j'ai dit à part ça, relaxe, là !

— C'est si pire pour moi, oui ! Tu sais pas à quel point ça m'a fait chier !

— On s'en crisse de ta famille, là ! On s'en crisse de la mienne aussi. Ça existe plus, la famille. Ce que j'ai dit, c'était pas important, Charlotte. C'était juste pour te faire de la peine, capote pas avec ça. Who cares si ta famille est moins riche que la mienne ou pas complète ou whatever. Personne a de vraie famille, anyway !

— M'aimes-tu ? elle s'informe.

— Ben oui, je t'aime, chat ! Quelle sorte d'osti de question que c'est ça !

— Comment tu fais pour me regarder dans les yeux d'abord pis me dire des choses aussi méchantes ?

— C'est juste des mots, Charlotte, ça veut rien dire. C'est toi qui m'aimes pas. Pas le contraire.

— Je sais plus quoi faire.

— Peux-tu au moins me promettre que tu vas arrêter de coucher avec d'autres gars ?

— Heille, bébé, là. Premièrement, c'est juste *un* autre gars. Pis je le ferai plus, j'ai trop eu peur.

— J'essaye d'être ouvert pis toute, mais ça, je pense que je suis pas capable de le prendre.

— Je sais. Mais t'sais, Sacha, dis-toi que… C'est *juste mon corps,* ça veut rien dire.

Je voudrais proposer un iced cappuccino, mais j'ai envie de vomir. On se met à marcher vers la rue en silence. Une marche militaire. Je suis fiévreux. Je fais attention à me tenir du côté des voitures sur le trottoir. Je protège Charlotte. Si une auto déviait de sa trajectoire, je pourrais absorber un peu l'impact. Je pourrais la sauver. Je tiens sa main dans la mienne comme à la guerre. Près d'une terrasse, des gens boivent des Corona et mangent des nachos. Je déteste les terrasses. Je déteste les gens qui aiment les terrasses. Je déteste la Corona. Fuck les déserteurs. Fuck les buveux de bière. La musique dépasse largement le périmètre du resto. Mon cœur pompe. Nos mains fusionnent. Mes yeux pleurent. Je ne dis rien. Je marche. Soldat. Avec Charlotte. Soldate. On avance. Malgré la peine. Malgré la peur. Army of two. La rage. Je mords ma lèvre. On marche. Je ne sais pas où.

— Ça prendrait quoi pour te prouver que je t'aime pour vrai? Cha demande.

— J'aimerais ça que tu fakes plus jamais avec moi.

— Voudrais-tu que je pose une vraie bombe?

Hier, on a écouté The Wild One *et*
Charlotte m'a répété toute la journée la quote de
Mildred :
« What're you rebelling against, Johnny ? »
Et moi qui me la joue Marlon Brando, je réponds :
« Whadda you got ? »
BB — Entrée 34

Pour mon chat-chinchilla-chinois,

Hier, j'ai rasé mes cheveux. Je me suis fait un mohawk. Comme Bobby D dans Taxi Driver. En revenant de la pharmacie pour m'acheter un clipper, je suis allé au tattoo shop aussi. J'ai demandé au gars de me tatouer NO FUTURE sur le cœur. Pas sur le cœur cœur, là, malgré que j'aurais bien aimé, mais sur la peau de mon abdomen. Un gros lettrage carré. Même pas fait mal ! J'aurais dû me faire tatouer avant. Ce n'était pas si difficile. Mon bébé… On s'en fout de tout ça dans le fond. Je t'écris pour m'excuser. Je m'excuse de ne pas avoir été assez comme toi. Je m'excuse d'avoir été méchant dernièrement. J'aimerais tant reprendre les choses que j'ai dites. Je m'excuse aussi si j'écris croche. J'ai mal aux mains et mes trois tasses de café-cognac n'aident pas ma dextérité. J'entends des loups qui klaxonnent dehors, ça me déconcentre.

À quoi ça sert de vivre ? Veux-tu bien m'expliquer ? À créer quelque chose de parfait pour ensuite le déchirer en mille morceaux et le crisser à la poubelle ? J'étais à l'épice-rie, hier, et je pensais à la fois où on était allés acheter des œufs pour faire des crêpes. Le magasin le plus crade de Montréal, j'en suis sûr ! Ça puait, c'était sale, il y avait du moisi sur les légumes. On était découragé. On s'est collé devant les congélateurs, tu as embarqué sur mes pieds et tu m'as montré une danse. Tes cheveux chatouillaient mon cou pendant que tu me chuchotais en dansant : Chhheee voudraîs ssssortirr d'ici, môssieu le chhhhât. J'y repense et ça me donne envie de pleurer. J'entends encore ton accent d'enfant niaiseux. La fois du resto aussi. Le eat and run. Tu regardais le serveur du coin de l'œil et quand il est entré dans la cuisine, tu m'as crié : Go ! Go ! On a couru et tu t'es enfargée dans le sac d'une vieille pincée anglo. Je suis allé te ramasser pendant que le serveur s'était mis à crier. On a sauté dans un taxi et on a jamais autant ri.

Je t'aime. Je le répète encore : je t'aime. Je ne sais pas si ça ne veut rien dire parce que je l'ai trop dit ou parce que rien ne fait du sens anymore. Je sais, j'aurais dû t'écrire dans le BB. Premièrement, il est chez toi. Deuxièmement, je ne pouvais pas me retenir. Je pensais à trop de choses en même temps. Au pire, on collera ma lettre dans le Book plus tard ? C'est quoi, le proverbe chinois ? L'encre la plus pâle est plus efficace que la meilleure mémoire ? On aurait dû tout prendre en note. Il aurait fallu un Black Book épais comme un dictionnaire où on aurait relaté chaque jour de notre amour. Ou peut-être des caméras cachées partout pour documenter tous nos gestes, même les plus routiniers. Je ne veux pas te perdre. Je ne veux pas t'oublier. S'il y a un paradis, je ne veux pas m'étendre dans la ouate avec deux cents vierges. Je ne veux pas de raisins frais et du parfum qui coule des ruisseaux à l'infini. Je veux qu'on m'attende avec une machine dans laquelle je vais pouvoir m'asseoir et aller revivre les moments préférés de ma vie. Je veux voir, sentir, respirer. *Je veux goûter les fois où il n'y avait que toi dans le monde. Tu te souviens quand on était assis sur la colline parlementaire en voyage à Ottawa ? Dans une confiserie, on avait acheté deux Jelly Belly de chaque sorte. Deux poires juteuses. Deux pop-corn au beurre. Un pour toi. Un pour moi. Deux baies des bois. Deux guimauves grillées. On voulait les essayer. On en a trop mangé. À la fin, on les a vomis dans le jardin de tulipes. Je ne sais pas si ça serait mon moment de choix au paradis, mais ça fait certainement partie du Top Ten.*

J'ai appris dernièrement que le mot nostalgie *vient du grec. On se crisse pas mal de l'étymologie, je te l'accorde, mais quand même. C'est intéressant parce que ça veut dire littéralement la douleur d'une vieille blessure. Ce n'est pas juste la mémoire. C'est la ficelle transparente des souvenirs qui mène directement à la maison. À ma maison. À notre maison. À un endroit et à un temps où je sais maintenant, avec certitude, que quelqu'un m'aimait. Quelqu'un s'occupait de moi. C'est le bout de laine enroulé à nos cœurs depuis tellement longtemps qu'il a cicatrisé dans le muscle. Love is watching someone die ? Peut-être. Je m'ennuie de toi. Je m'ennuie de nos guerres. De notre première soirée. Du britpop. Pas le britpop de fillettes comme Coldplay ou Muse. Je m'ennuie de Supergrass, de Kasabian, des Verve. Je ne sais pas… Je suis découragé. O.K., je pourrais me trouver une autre fille, une autre vie, tu vas aimer encore, blablabla. Ça ne marchera jamais. Je m'ennuie d'avoir dix-neuf ans avec toi à mes côtés. Ça, c'est irremplaçable. C'est fini, Charlotte. Tout ce que je fais maintenant, je le fais pour la deuxième, troisième et centième fois. C'est point-*

less. Avec le recul, je réalise que je t'ai bombardée de mes rêves à moi, de mes angoisses à moi aussi. Je m'excuse. Je te comprends d'avoir étouffé. J'espère que tu vas me pardonner un jour. Tu te souviens quand on regardait les sites web du gouvernement pour voir ça coûtait combien le mariage civil ? Juste le contrat, genre ? C'était 300 $ ou quelque chose comme ça. On a pris l'argent pour s'acheter des tickets d'Oasis à New York finalement. Une lune de miel c'est mieux qu'un mariage. Le mot miel. Ça me fait penser à la fois où on s'est fait des massages avec du miel. On s'était endormi et ç'a collé dans tes cheveux. T'étais frue. Je te l'ai jamais dit, mais j'avais vraiment eu peur pour toi. J'avais peur qu'on soit obligés de raser tes cheveux. ~~On aurait pu te faire un mohwak. Comme si tu partais à la guerre.~~ On ne se connaissait pas beaucoup encore. J'étais gêné. Ahhh, mini-chaaaaaaat. Aime-moi encore, s.v.p. Je vais faire quoi sans toi ? J'ai vraiment mal aux doigts. J'ai besoin de toi pour me flatter. Je fais un peu de fièvre. Je grelotte. Viens me border. Viens me chercher.

Je veux tout. Tout blanc. Tout noir. Tout de suite. Je ne veux pas de leucémie ou de Hodgkin. Je veux le généralisé. Je veux sentir mes poumons se remplir de liquide. Je ne veux pas d'arthrite ou de maladie de Still qui ne tuent presque pas. It's better to burn out than to fade away. Je ne veux pas vivre pour toujours. Le rêve de tous d'être éternel à travers des transplantations de cerveaux dans des robots ou autres shits comme ça. Combien de self-hatred ça prend en tant qu'espèce pour être rendu là dans ses ambitions.

On s'était promis de tout essayer ensemble. Tu te sou-

viens? J'ai tellement peur que tu me trouves plate. ~~Je n'aime pas ma vie. Je n'aime pas la pression, le stress, les choix.~~ Je veux avoir vécu une vraie vie. Je veux me battre. Personne ne s'est jamais autant aimé que nous. Faudrait le prouver. Comment, han? Quand les autres me racontent leurs histoires d'amour, et ils pensent que c'est grandiose ou spécial, je ris toujours dans ma tête. Ils ne savent rien. Ils savent crissement fuck all. Ce n'est pas rien d'avoir trouvé son soul mate. ~~J'ai volé une fiole de pesticide au labo de mon père. À défaut de pouvoir s'acheter un gun et de tirer tout l'monde dans la rue.~~ J'étouffe tellement ici.

Chante encore pour moi, mon amour — Drugs don't work, they just make you worse. Ma mère est malade, est-ce que je te l'avais dit? Je viens de l'apprendre. Elle ne va pas mourir. Pas tout de suite, mais quand même. Tout le monde va mourir, anyway. Elle va devenir de plus en plus faible. C'est pire. All this talk of getting old. It's getting me down my love. Like a cat in a bag waiting to drown.

Veux-tu qu'on déménage en Syrie, ou quelque part de significatif où on pourrait jouer à la vraie révolution? Poser des bombes? Apposer notre griffe pendant qu'il est encore temps. Ouch, ma fièvre. J'ai arrêté de prendre mes médicaments. La qualité de vie, l'autonomie. Fuck ça! Je déteste la liberté. J'haïs le mot, j'haïs le concept, j'haïs les gens qui le brandissent à chaque seconde. J'ai besoin de savoir si tu m'aimes pour vrai. Notre amour est fort. Notre love est inébranlable. Je me fous de tout. Je veux toi. Toute seule. Je veux savoir si je peux encore te donner ma confiance ultime et absolue. Prouve-le-moi.

Je n'aime que toi, terroriste-chat.
Toujours, toujours, toujours.
Love is watching someone die.
Sincèrement,
Sacha Rilke

Charlotte before Christ ou la résurrection des faux rêves

Charlotte. 514-783-373*. Si tu trouves le dernier chiffre, appelle à 3 h 30 sharp cette nuit.

Je fais quoi avec ça? Elle aurait pu simplement me dire le numéro au complet. J'ai neuf chances de me tromper avant de faire les bons digits. Je devrais aller dormir. Je ne devrais pas jouer aux jeux d'une blondasse. Elle est sûrement comme les autres. Wannabe punkette qui étudie en nursing ou en couéffure. J'ai un cerveau de lézard. Je commence par essayer le 1.

— Eeeee… allo? Est-ce que c'est Charlotte?

— Who is this?

— Charlotte?

— It's 3 a.m. Fuck you, motherfucker!

Ça commence bien. Reptile de merde. Lézard pêche imberbe. Je suis devant une sortie de métro. Il doit y avoir des taxis tout près. Je vois un pauvre qui dort dans l'entrée avec trois sleeping bags sales et deux chiens. C'est assez! Je m'en vais chez moi.

J'essaie un autre chiffre. Je n'ai pas le temps de parler. Une fille répond:

— As-tu réveillé pas mal de monde finalement?

— Han? De quoi?

— As-tu commencé par le haut ou le bas?

— Juste au hasard. Pourquoi tu voulais que je t'appelle? Y'est tard quand même.

— J'sais pas trop. Ça te tente de faire une promenade?

— Seulement si tu me trouves du café.

— Pas un problème! T'es où?

Je marche la rejoindre. Dix minutes de vrai temps. Quinze secondes dans ma tête. Je ne sais pas à quoi m'attendre. Elle est jolie. Tout le monde la regardait dans le bar tantôt. Oli va tellement être jaloux quand je vais lui raconter que j'ai réussi à fourrer la fille qu'il a matée toute la soirée.

Elle est en face de moi. Elle tient deux cafés. Je joue après mes cheveux en marchant, mais il est trop tard pour la perfection, elle me voit déjà. Elle sourit. Elle se met à parler:

— Il a fallu que j'gosse le gars pour me faire deux derniers latte. Il voulait faire son close.

— Pis t'as réussi? T'as fait des beaux yeux, genre?

— Ouais! Mes charmes font de l'effet, t'sais!

— Ah ouin! *Tes charmes font de l'effet?*

Elle me tend un café. Il est encore chaud. Elle m'énerve. Je ne sais pas si je suis capable de l'endurer. Elle en remet:

— Ouais, j'ai toujours tout ce que je veux.

Un autre commentaire comme ça et je décrisse. Elle continue:

— Comme la toune des Velvet Underground, j'suis la *Femme Fatale*.

Ça y est ! Je prends une dernière gorgée de café avant de jeter le reste dans la rue. Charlotte sursaute. Elle ne comprend pas. Je dégueule les prochaines phrases :

— Bon. J'en ai assez entendu. Bonne nuit.

— Ben là, c'était juste une joke !

— *Frankly, my dear, I don't give a damn !* je réponds, le torse bombé.

Je tourne les talons. Sans regarder derrière. Sans hésiter. Je donne deux coups dans le vide avec mon bras gauche pour faire sortir ma montre de sa cachette de cardigan. Il est quatre heures. Je suis fier de moi. J'ai osé quitter la femme fatale. L'histoire va être bien meilleure quand je vais la raconter à Oli. J'aurais pu l'avoir facilement, mais j'ai walked out la tête haute. *Coming in a mess going out in style.* Je marche quelques minutes en pensant à quelle chanson de mon iPod serait idéale pour le moment. Je relève la tête au même moment où un vélo me barre la route en freinant hors de l'allée. C'est la blondasse. Elle me regarde :

— Traites-tu toujours tes premières dates comme ça ?

— Ah, parce que c'est une date, notre affaire ? Je pensais que le roux de tantôt, c'était ton chum.

— Non ! J'ai cassé avec lui en mangeant une poutinc après le bar.

— Mmmm… O.K. ?

— Il y a pas de meilleur temps que le printemps pour laisser un gars, me semble ?

— J'te l'accorde. Pis le bike, lui ? Tu l'avais pas il y a dix minutes.

— Ben, je voulais te rattraper sans courir, alors j'ai *trouvé* une bicyclette.

— Avec tes charmes encore, j'imagine ?

— Non, juste *trouvé*.

Elle prend le vélo et le fait rouler dans le vide. Il s'échoue quelques mètres plus loin. Je suis charmé.

— Alors, on fait quoi ? je demande.

— On va près du fleuve !

Et la marche commence. Elle me tend une bouteille de gin sortie de son sac.

— Alors, c'est vrai ? T'as toujours tout ce que tu veux ?

— Non ! Pas du tout ! Au contraire ! elle répond presque insultée.

— O.K. O.K. Je m'excuse…

— Non, c'est pas grave ! Juste, t'sais… Je sais pas, là. J'aurais aimé ça grandir dans une famille avec une grande maison pis une méga télé pis toute.

— J'comprends, oui.

Il y a un court silence avant qu'elle enchaîne :

— Ça fait deux secondes qu'on se connaît, pis je me plains déjà. Scuse-moi, c'est poche.

— C'est correct. Tes parents avaient pas beaucoup d'argent, genre ?

— Tu veux vraiment mon histoire ?

— Ouais, ben tant qu'à être rendue là !

Elle boit du gin et se lance :

— Ben, j'ai jamais vraiment connu mon père dans

l'fond. Pis ma mère, elle, elle est déménagée à Québec il y a pas longtemps. J'ai décidé de rester seule à Montréal. De toute façon, j'avais l'école pis toute.

Son ton engourdi m'hébète. Il égratigne mes repères habituels. Je botte une petite roche en marchant, les mains dans les poches. La brise est fraîche. Je peux entendre des échos de sirènes au loin. J'ai envie de boiter, mais je me retiens devant ma nouvelle amie. Je regarde les lumières de la Place Ville-Marie scintiller dans le ciel pour me changer les idées. On dirait que le centre-ville veut nous gober. On marche devant une épicerie.

— Aimes-tu ça le IGA, toi? je demande.

— Je préfère le Provigo, je pense. Pourquoi?

— Ben, je trouve que le IGA a des meilleurs plats préparés.

— J'avoue. Mais Loblaws et Provigue ont plus de choix végés.

— T'es végétarienne?

— Non, pas du tout! Mais la fausse dinde a meilleur goût que la vraie pour mes sandwichs.

On attend le feu vert et on traverse une rue déserte. Charlotte enchaîne:

— Pis toi? C'est quoi, ton histoire?

— Bof… Moi, je suis vraiment normal comme gars. J'ai rien à dire.

— Ah non? C'est quoi que t'as dans le cou d'abord?

Je touche mon cou. J'ai une plaque rouge. Irruption cutanée. Ma maladie. Fuck. J'aurais dû porter un foulard. Des petits boutons. C'est comme 3D. Dégueu ! Je réponds un peu awkward :

— T'es directe comme fille, han ?

— Ben, je pensais qu'on apprenait à se connaître, non ? J'ai pas de secrets, moi ! Toi ?

— Aucun !

— Ben, dis-moi pourquoi tu marches comme ça, d'abord !

— Pourquoi je marche *comme ça* ? Qu'est-ce que tu veux dire ?

— Oui, je t'ai vu ! Tu marches pas comme les autres.

— Ah, parce que tu checkes comment le monde bouge, toi ?

— Oui, quand même. Alors ? T'as quoi ? Une scoliose ? La polio ?

Elle est drôle, mais je n'ai pas le cœur à tout expliquer. J'essaie de casser son fun avec mon ton le plus sérieux :

— J'ai le cancer.

— Ah ouais ! elle répond avec un air enjoué comme si on lui apportait des bonbons.

— Oui, je vais mourir bientôt.

Elle me regarde en souriant. Elle ne mord pas. C'est qui, cette fille ? Elle déjoue tous mes moves. On fait quelques pas et elle continue à parler sans se soucier de ma déclaration :

— C'est quoi, toi, ton cancer préféré ? elle demande.

— Très bonne question ! J'irais presque avec le cerveau, me semble ? Cancer du cerveau, oui ! Toi ?

— Moi, mon préféré, c'est le généralisé.

— Ah, tu triches ! T'as pris le best ! je lance.

Le fleuve est tout près. Je regarde les condos.

— J'aimerais ça, un jour, avoir un grand loft comme ça, je dis.

— Oui, ça serait bien, être riche, han ?

— Ben ouin… Je t'avoue que c'est pas tant l'argent qui m'inquiète que… Si je m'achète un condo à un demi-million, je vais me sentir pogné ici.

— Je catche pas ?

— J'veux dire, l'argent, il y en a toujours partout pis, au pire, mon père m'aiderait. Le point, c'est que j'étouffe à Montréal. Je veux pas vieillir ici. Je veux un loft, oui, mais à New York ou à Londres. Je veux aller magasiner sur la Fifth pis rapporter du cheesecake de chez Junior's la fin de semaine. Tu comprends ?

— Mmmmm ! Du cheesecake, c'est tellement bon !

— Je t'en apporterais après la job dans une petite boîte en carton avec des ficelles.

— Ah, parce que je fais partie de ton rêve de New York, astheure ?

Je ris. Elle s'esclaffe aussi. Elle me regarde avec des yeux intrigués.

— Ça m'tente ! elle déclare.

— Ah ouin ? Alors on part demain ?

— Ben, faudrait que je finisse l'école avant. Quoique, j'm'en crisse un peu. Ça m'tente même plus d'aller à mes cours, des fois.

— T'étudies quoi ?

— La danse.

Fuck. Je ne connais pas la danse. Il va falloir que j'apprenne. D'habitude, j'ai assez de culture générale pour épater à peu près n'importe qui. Je l'étale à qui veut bien me subir. Pas cette fois. Pas la danseuse. Pas celle que je pensais esthéticienne ou réceptionniste de tattoo shop. Pas celle que je pensais shallow ou stupide. Je réponds :

— Je connais juste un peu le ballet. Ma mère me traînait quand j'étais plus jeune. Je me souviens que ça me fascinait, mais j'y connais rien.

— Je fais du contemporain. C'est pas grave. Le monde me parle toujours de *Dancing With the Stars* quand je leur dis en quoi j'étudie. Au moins, toi, t'as un peu de classe.

— Bof, pas tant. Checke ça !

Sans finir ma phrase, je cours vers une Audi stationnée au coin de la rue et je botte le rétroviseur avec mon talon. Je ne sais pas pourquoi j'ai fait ça. Je me retourne vers la fille et je souris :

— De la classe comme ça, oui ! je lance.

Elle court et me prend le bras en riant :

— T'es fou !

Nos pas s'accélèrent pour quitter la scène de ma délinquance un peu criminelle.

— C'est con, mais je sais même pas ton nom encore.

— Ouais, quand on fait du vandalisme ensemble, on est rendu assez intime pour que je te dise mon nom, je pense. Je m'appelle Sacha.

— Sacha qui ?

— Sacha Sarcome-d'Ewing.

— C'est joli comme nom.

— Ouin, bof… Toi ?

— Charlotte Cantarelle. Enchantée !

Elle me serre la main. Je me sens toujours imposteur quand j'utilise le vandalisme pour impressionner une fille. Ça part toujours un peu croche de se sentir obligé de scraper des chars pour émouvoir une première date. Pas grave. J'adore ça. Je me sens vraiment en vie présentement. Ça faisait longtemps.

— C'est ça ton nom sur MySpace aussi ? je m'informe.

— Non, sur MySpace je suis Dancing Epilepsy.

— Pour vrai ? C'est toi, ça ? Je pense que je t'ai déjà dans mes amis. Je savais pas.

— Ça se peut, j'en ai, genre, plusse que mille.

On continue à marcher et à parler jusqu'à ce qu'elle me sorte une autre arroganterie :

— Je sais qu'on a du fun pis toute, là, mais à ta place je m'habituerais pas trop.

— C'est quoi, l'rapport ?

— Ben, moi, je fréquente jamais un gars plusse que trois semaines.

— Pourquoi tu me dis ça ? Veux-tu une médaille ou quelque chose ? On est quelle date, là ?

— Eeee, je sais pas… Pourquoi ?

— Juste que je puisse calculer l'exact moment de notre break-up, dans vingt et un jours pile.

— Bonne idée. Mais, officiellement, on peut juste commencer à compter au moment de notre premier french.

— O.K. Ben, on va le retarder un peu, d'abord.

— Pas d'trouble !

On s'installe près du fleuve. Je regarde l'eau passer et ça m'angoisse. Par peur de tomber ou par sentiment d'infériorité devant la nature. Je ne sais pas. Mélange des deux. La théorie du sublime (name-drop : Edmund Burke, merci). Charlotte Cantarelle enlève sa veste et dépose son sac sur le sol :

— J'ai envie de me baigner ! On saute ? elle me demande.

Elle est folle. J'ai le goût de l'asseoir et de lui poser mille questions. Qui es-tu ? Tu es désaxée ? Comment ? Pourquoi ?

— Es-tu malade ! L'été est même pas commencé. Pis imagine s'il y avait, genre, des piranhas ou un monstre ou j'te crisse pas.

— J'avoue.

Elle fait un mouvement comme pour remettre sa veste, mais la redépose près du sac. Je parle trop vite :

— T'avais froid ? je demande.

— De quoi, j'*avais* froid ? Tantôt, ça ? Charlotte répond.

— Non, maintenant. Je sais pas, laisse faire.

— T'es drôle, toi ! Tu utilises l'imparfait pour parler du présent ?

— Je pensais que tu remettais ta veste.

— C'était comique !

— Au passé ou au présent ?

— Eeeee au présent. C'est encore drôle. C'*était* encore drôle. Les deux, dans l'fond !

— Pis là, t'*avais* envie de quoi ?

— Eeeee…

Elle me pince du regard.

— Je *voulais* juste m'étendre comme ça pis on *pouvait* continuer à parler.

— Oui. J'*aimais* ça comme idée. *Venais* t'installer ici.

Charlotte s'assoit à mes côtés. J'allume une cigarette et je lui en offre une. Elle répond qu'elle ne fume pas. On s'étend.

— C'est rare que je rencontre une fille drôle pour vrai.

— Dans quel sens ?

— Ben, les filles sont pas drôles en général.

— C'est pas vrai, ça !

— Ah ouin ? Nomme-moi une fille drôle dans tes amies ?

— J'ai pas d'amis. Alors, je sais pas.

— Je niaise pas, sérieux ! C'est juste l'évolution. Un gars, c'est obligé d'être drôle si ça veut avoir du succès avec les filles. C'est la science.

— Ben moi, je suis pas toujours drôle.

— Ah non ? Pourquoi pas ?

— Par exemple, là, je me demande s'il y a des fantômes qui nous observent.

— T'es cute, mais les fantômes existent pas.

— Prouve-moi que ça existe pas !

— C'est pas pertinent de prouver que quelque chose existe pas, l'important c'est de prouver que ça existe.

Elle se redresse devant moi. Elle a une vibe tragique. Je peux sentir une bouffée de son parfum. Le même que dans le bar, mais estompé. Cèdre ou baie ou cupcake. Je la regarde. Elle remarque ma détresse. Je peux le voir dans son expression.

— J'ai une maladie. Je l'ai su l'an passé. Je vais probablement mourir plus jeune que les autres, je lance.

Elle ne dit rien. Elle sait que ce n'est pas une joke comme le cancer d'il y a une heure. Je poursuis :

— Je marche bizarre parce que j'ai de l'arthrite intense dans les genoux. Un peu dans les hanches aussi. Ça me cause d'autres problèmes, là, mais le principal, c'est ça.

— C'est quoi le nom de la maladie ?

— C'est rien. Ç'a pas de nom, O.K. ? Quand on commence à nommer les trucs, c'est là que ça devient vrai.

Je prends une grande respiration pour calmer ma tristesse. Je n'avais jamais raconté ça à un inconnu auparavant.

— Et ça te rend triste ? elle demande doucement.

Je réponds oui en hochant la tête.

— Tant qu'à ça, j'aurais préféré pas naître du tout, je réponds avec une boule dans la gorge.

Charlotte verse une larme. La gravité attire la goutte vers sa bouche tranquillement. Je pose mon pouce sur sa joue pour l'essuyer.

— Pleure pas! Tu vas avoir un goût de sel sur ta langue.

— Ben là! Je peux pas contrôler la trajectoire de mes larmes, elle argue.

Je laisse du silence pour savourer ce qu'elle vient de dire avant de me remettre à parler :

— Je m'excuse. Je sais pas pourquoi je te raconte ça. J'en parle jamais à personne d'habitude. Ça me fait trop honte, genre. Sois pas triste, O.K.?

— Bah, c'est pas juste ça.

— C'est quoi d'abord? je demande.

— C'est toute. Juste toute. Tu veux que je te dise un secret, moi aussi?

— Shoot!

— Je dors jamais. Ça fait, genre, trois jours que j'ai pas mangé. Inquiète-toi pas, je suis zéro anorexique là. J'ai juste pas faim!

— Ah ouin? Essaye de compter les moutons en te couchant!

— Bof… J'ai toujours pensé que compter les moutons, c'était un truc pour les enfants obèses. Genre, ils ont pas assez dépensé d'énergie pendant la journée, alors ils font de l'insomnie le soir.

— J'avais jamais vu ça comme ça, mais c'est un bon point! je dis en riant.

— Ris pas! Je suis sérieuse. Ça me tente même plus de danser. Je regarde le plafond à longueur de nuit. On dirait que j'ai pas de force pour rien. Je vais plus à mes cours.

— Je sais. Je comprends. Es-tu en dépression, tu penses?

— Je sais pas... C'est un peu comme ça depuis que ma grand-mère est morte.

— Récemment, ça?

— Ça fait deux mois. T'sais, tu dois te dire, on s'en crisse d'une grand-mère morte, c'est juste une vieille pis toute, mais, moi, c'est ma seule famille que j'aimais.

— Ouin, je vois. La vie est mal faite. On n'a même pas vingt ans pis on est déjà scrap pis médicamentés pis, genre, je sais pas, man, nihiliste, genre.

Elle repose sa tête sur le sol pour regarder les étoiles. Elle enlève ses souliers et dépose ses pieds sur mes genoux. Je reste assis. Je pose ma main sur sa cheville. Je n'ai jamais vu des pieds aussi meurtris. La corne de ses talons est épaisse comme du béton armé. Même la guêpe au dard le plus pointu n'arriverait pas à percer cette peau. Ses orteils sont ratatinés. On dirait des minimoignons. Des boulettes de doigts de pieds. Les cicatrices sont indénombrables. J'ai envie d'embrasser chaque brûlure de plancher qui maquille les deux membres. Les gales, les ecchymoses. J'ai envie de m'y noyer.

On a arrêté de parler pour un instant. J'écoute le fleuve bourdonner. J'écoute la ville ronronner. Le silence de la fin de la nuit ressemble au bruit de la neige dans la télé au plus bas volume. Presque à mute. Un faux silence. Ce n'est pas précis. C'est juste le bruit de l'électricité.

C'est le râlement de la nuit métropolitaine. La respiration d'un Montréal asthmatique et sans pompes.

Je sors mon iPod et crinque le volume. On peut l'entendre de mes écouteurs. J'essaie de choisir la soundtrack parfaite pour le moment. Je trouve *Chicago* de Sufjan Stevens. Pas la vraie version, mais celle acoustique. Elle est bien meilleure. J'ai pensé à mettre *Combat Baby* de Metric, mais la voix d'Emily Haines me fout les bleus. Quand c'est un gars qui chante, je peux m'identifier aux paroles à travers sa voix, c'est correct. Quand c'est une fille, on dirait qu'elle chante *pour* moi. Ça me fait freaker out. Des plans pour que je me pitche dans le fleuve. Charlotte entend la musique. Elle se rassoit :

— Il est quelle heure?

— Il est exactement 4 h 58. Pourquoi?

— À 5 heures, je veux t'embrasser.

I've made a lot of mistakes, in my mind, in my mind.

Et on ne dit rien. On regarde ma montre. On écoute la chanson. L'aiguille tourne.

4 h 59 30 sec.

5 heures.

All things go. All things go.

On a manqué l'heure précise parce qu'un oiseau nous a distraits. Je pensais que les oiseaux ne volaient pas la nuit. Ça m'a pris par surprise. Les lèvres sèches de Charlotte touchent les miennes. Mon cœur bat. Ou s'arrête de battre.

— C'est peut-être une mauvaise idée, ce qu'on vient de faire, je lance.

— Bah… C'est quoi, la vie ? À part une série de mauvaises idées ? Charlotte répond.

J'hésite à l'embrasser encore. Je ne veux pas abuser.

— Veux-tu venir passer le reste de la nuit à mon appartement ? elle me demande.

— C'est tentant, mais j'ai encore envie de marcher.

— O.K., ben… j'ai une idée ! On prend un taxi jusque chez moi, on va chercher des couvertes pis on va s'installer dans un parc.

— Je suis down !

Marche. Taxi. J'attends dehors pendant qu'elle monte dans son appartement. Elle revient avec une grande couverture léopard. Elle tient aussi un carnet noir dans son autre main. Elle me le montre en marchant vers le parc :

— Regarde ! J'ai acheté ça cet après-midi ! elle me dit fièrement.

— C'est quoi ?

— Je sais pas !

— Qu'est-ce que tu veux dire, *tu sais pas* ?

— Ben, j'veux dire, je sais pas encore ! C'est un p'tit cahier avec des pages blanches ! J'ai décidé de toujours le traîner avec moi pour prendre des choses en note. Il est tout mignon, il est noir !

— Oui, c'est cute. Un petit black book !

On se couche sous un arbre avec le drap par-dessus nos têtes. On s'embrasse avec gêne. L'air commence à refroidir, je peux le sentir dans mes poumons. Charlotte rouvre la conversation :

— Tu veux pas venir coucher chez moi ? Tu me trouves pas assez attirante ?

— Ç'a rien à voir avec ça ! Mais, présentement, je suis comme plusse excité par ce que tu me dis que par ton corps, on dirait.

— Merci ! elle lance avec sarcasme.

— Sois pas fâchée. C'est vraiment un compliment que je te dis là, crois-moi !

— T'es tellement calme ! T'es posé comme personne, han ? Ça me détend de te parler.

— Je me trouve pas tellement calme, moi, pourtant.

Elle réfléchit un instant. Tout semble croche. Tout semble malsain. Je me sens tellement bien. Ce n'est pas si grandiose comme soirée, mais it feels right.

— Penses-tu que tu pourrais donner un orgasme à quelqu'un juste en lui parlant ? Charlotte demande.

— Je sais pas. C'est possible ?

— Je suis certaine que oui. Tu devrais pas sous-estimer la perversion des autres, elle répond.

J'étais pour lui proposer d'aller chez elle quand une voix d'homme a interrompu mes avances :

— HEILLE ! C'est quoi la joke, là !

J'enlève aussitôt la couverture. Je sursaute. Deux policiers nous dévisagent. L'un d'eux a une matraque à la main. Il s'approche de nous. Il continue de guculer :

— Han ? C'est quoi ? Vous trouvez ça drôle ? C'est illégal, ce que vous faites là !

— C'est illégal de parler dans un parc ? (Je fais mon frais.)

— C'est illégal de tomber en amour dans un parc ?
(Charlotte en rajoute.)

Elle est en amour, maintenant ? Je la regarde avec
un grand sourire de satisfaction.

— Tu trouves ça drôle, p'tit criss ?

Mon père connaît plein d'avocats. Ils ont beau
patrouiller les parcs à Montréal, ce n'est pas une infrac-
tion comme ça qui va me donner un dossier.

— Absolument, monsieur l'agent, je trouve même
ça hilarant pour être précis, je lance en levant l'index
pour mettre l'accent sur la fin de mon commentaire.

Je n'ai pas le temps de savourer mon arroganterie
que son bâton frappe le bas de ma cuisse. Charlotte s'in-
terpose pour me défendre :

— Non ! Pas son genou ! elle crie.

On se fait menotter ventre au sol, la tête tournée
l'un vers l'autre. Charlotte me regarde avec un air amusé.
Elle a une tache de terre sur le rebord du nez. Les policiers fouillent nos poches. Je chuchote en essayant d'ex-
pulser l'herbe de ma bouche :

— Ça s'appelle la maladie de Still, mon affaire.
C'est laid comme nom, han ?

Ses yeux se mettent à briller.

Oh my baby, baby, I love you more than I can tell.
I don't think I can live without you and I know that I
never will.
I want you. Elvis Costello.
BB — Entrée 4

Half-awake in a fake empire

En fin d'après-midi, j'ai avalé quatre comprimés de Benadryl pour m'endormir. J'avais trop mal aux os.

Je me réveille tout juste d'une sieste. Il fait sombre maintenant. Je suis somnolent. Je pense au rêve que je viens de faire. J'étais dans le métro de New York. Au-dessous de la 42e Rue, il y a eu une explosion et je me suis retrouvé les jambes prises sous un bloc de ciment. Je ne pouvais pas sentir la douleur, mais je pouvais voir les rats gruger mes orteils. L'eau montait tranquillement.

Charlotte est devant moi dans la ruelle. Elle tient un café dans sa main. Je la regarde prendre une gorgée puis je lui tends ma lettre. Cha la déplie et commence sa lecture. On peut entendre le calme de la nuit. J'observe Charlotte pendant qu'elle lit. Quelques minutes passent. Elle vient ensuite s'asseoir près de moi. J'attends. Le silence paraît long. Elle se met à pleurer.

— C'est toujours vrai ce que tu dis, Sacha.

— Je sais pas.

— Je veux personne d'autre que toi.

Charlotte cherche des cigarettes. Elle fouille dans

mon sac à dos. Elle trouve une petite bouteille de verre enroulée dans une tuque.

— C'est quoi, ça?

— C'est un concentré de pesticide que j'ai emprunté au labo de mon père.

— Pourquoi tu traînes ça avec toi?

— Pour le fun.

Charlotte dépose le flacon sur le sol puis allume une cigarette.

— Je veux plus qu'on se chicane, Charlotte dit.

— Moi non plus.

— Est-ce qu'on peut se marier, s'il vous plaît?

— Oui.

— Qu'est-ce que tu voudrais le plusse, han, Sacha? Dans la vie, là?

Je fixe le vide et je réponds:

— Que tu me fasses plus jamais de peine.

Charlotte réfléchit un instant puis embrasse ma joue.

— As-tu une piasse ou deux? elle demande.

— Han?

— J'ai besoin de change pour te faire une promesse.

Je lui remets quelques pièces de monnaie sans poser de questions. Elle prend la fiole de pesticide dans sa main, soulève le couvercle puis en vide le contenu dans son café. Elle traverse la rue sous mon regard immobile et se dirige vers un itinérant. Elle le réveille puis lui donne le café empoisonné et la monnaie. Il la remercie d'un grand sourire. Elle revient vers moi. Je ne bouge toujours pas. On regarde le sans-abri boire le liquide de la tasse en carton. Il n'y a personne autour. Charlotte mime une voix d'homme et lance :

— Je vous déclare maintenant mari et femme.

Je lui prends la main.

Remerciements

Merci à

Gilles Jobidon
Hélène Girard
Mathieu Fortin
Pier-Yves Larouche
l'UNEQ
l'Université Concordia (département de communication)

Et aussi à Alice, Bruno, Chantal, Catherine, Ève, François, Laurence, Laurie, Mylène, Samuel, Sébastien, Montoire et le reste de l'entourage.

CRÉDITS ET REMERCIEMENTS

Les Éditions du Boréal reconnaissent l'aide financière du gouvernement
du Canada par l'entremise du Fonds du livre du Canada (FLC)
pour leurs activités d'édition et remercient le Conseil des arts
du Canada pour son soutien financier.

Les Éditions du Boréal sont inscrites au programme d'aide
aux entreprises du livre et de l'édition spécialisée de la SODEC
et bénéficient du programme de crédit d'impôt pour l'édition
de livres du gouvernement du Québec.

Couverture : Pier Yves Larouche, *Terrorisme & Pornographie – 08.*

Dans la collection « Boréal compact »

Gil Adamson
    La Veuve

Gilles Archambault
    La Fleur aux dents
    La Fuite immobile
    L'Obsédante Obèse et autres agressions
    Parlons de moi
    Les Pins parasols
    Qui de nous deux?
    Les Rives prochaines
    Stupeurs et autres écrits
    Tu ne me dis jamais que je suis belle
    et autres nouvelles
    Un après-midi de septembre
    Une suprême discrétion
    Un promeneur en novembre
    La Vie à trois
    Le Voyageur distrait

Philippe Aubert de Gaspé fils
    L'Influence d'un livre

Philippe Aubert de Gaspé père
    Les Anciens Canadiens

Honoré Beaugrand
    La Chasse-galerie

Victor-Lévy Beaulieu
    Blanche forcée
    La Grande Tribu
    L'Héritage
    James Joyce, l'Irlande, le Québec, les mots
    Manuel de la petite littérature du Québec
    Mémoires d'outre-tonneau
    Monsieur de Voltaire
    Monsieur Melville
    La Nuitte de Malcomm Hudd

Éric Bédard
    Les Réformistes

Élisabeth Bégon
    Lettres au cher fils

Jacques Benoit
    Jos Carbone

Nadine Bismuth
    Les gens fidèles ne font pas les nouvelles
    Scrapbook

Neil Bissoondath
    Cartes postales de l'enfer

Marie-Claire Blais
    La Belle Bête
    David Sterne
    Le jour est noir, suivi de *L'Insoumise*
    Le Loup
    Manuscrits de Pauline Archange,
    Vivre! Vivre! et *Les Apparences*
    Les Nuits de l'Underground
    Œuvre poétique 1957-1996
    Pierre
    Soifs
    Le Sourd dans la ville
    Tête blanche
    Textes radiophoniques
    Théâtre
    Un Joualonais sa Joualonie
    Une liaison parisienne
    Une saison dans la vie d'Emmanuel
    Visions d'Anna

Raymond Bock
    Atavismes

Gérard Bouchard
    Mistouk

Hervé Bouchard
    Parents et amis sont invités à y assister

Serge Bouchard
    C'était au temps des mammouths laineux

Jacques Brault
  Agonie

Louis Caron
  Le Canard de bois
  La Corne de brume
  Le Coup de poing
  L'Emmitouflé

Ying Chen
  Immobile

Ook Chung
  Contes butô

Laure Conan
  Angéline de Montbrun

Jacques Côté
  Wilfrid Derome. Expert en homicides

Gil Courtemanche
  Le Camp des justes
  Je ne veux pas mourir seul
  Un dimanche à la piscine à Kigali
  Une belle mort

France Daigle
  Pas pire
  Pour sûr

Francine D'Amour
  Les dimanches sont mortels
  Les Jardins de l'enfer

Hector Fabre
  Chroniques

Jonathan Franzen
  Les Corrections
  Freedom

Louis Fréchette
  Originaux et Détraqués

Christiane Frenette
  Après la nuit rouge
  Celle qui marche sur du verre
  La Terre ferme

Katia Gagnon
  La Réparation

Saint-Denys Garneau
  Regards et jeux dans l'espace

Antoine Gérin-Lajoie
  Jean Rivard, le défricheur,
    suivi de *Jean Rivard, économiste*

Jacques Godbout
  L'Aquarium
  Le Couteau sur la table
  L'Isle au dragon
  Opération Rimbaud
  Le Temps des Galarneau
  Les Têtes à Papineau

François Gravel
  Benito

Agnès Gruda
  Onze Petites Trahisons

David Hackett Fischer
  Le Rêve de Champlain

Louis Hamelin
  Betsi Larousse
  Ces spectres agités
  La Constellation du Lynx
  Cowboy
  Le Joueur de flûte
  La Rage
  Sauvages

Chris Harman
  Une histoire populaire de l'humanité

Anne Hébert
  Les Enfants du sabbat
  Œuvre poétique 1950-1990
  Le Premier Jardin

Bruno Hébert
  C'est pas moi, je le jure!
  Alice court avec René

Louis Hémon
  Battling Malone, pugiliste
  Écrits sur le Québec
  Maria Chapdelaine
  Monsieur Ripois et la Némésis

Michael Ignatieff
  L'Album russe

Suzanne Jacob
  Laura Laur
  L'Obéissance
  Rouge, mère et fils

Thomas King
  L'Herbe verte, l'eau vive

Marie Laberge
  Annabelle
  La Cérémonie des anges
  Juillet
  Le Poids des ombres
  Quelques Adieux

Marie-Sissi Labrèche
  Borderline
  La Brèche
  La Lune dans un HLM

Dany Laferrière
  L'Art presque perdu de ne rien faire
  Le Charme des après-midi sans fin
  Comment conquérir l'Amérique
    en une nuit
  Le Cri des oiseaux fous
  L'Énigme du retour
  J'écris comme je vis
  Je suis un écrivain japonais
  Pays sans chapeau

Robert Lalonde
  Le Diable en personne

Le Fou du père
Iotékha'
Le Monde sur le flanc de la truite
L'Ogre de Grand Remous
Le Petit Aigle à tête blanche
Que vais-je devenir jusqu'à ce que je meure?
Sept Lacs plus au nord
Le Seul Instant
Une belle journée d'avance
Le Vacarmeur

Monique LaRue
Copies conformes
La Gloire de Cassiodore

Perrine Leblanc
L'homme blanc

Rachel Leclerc
Noces de sable

Henry Wadsworth Longfellow
Évangéline

Françoise Loranger
Mathieu

André Major
La Folle d'Elvis
L'Hiver au cœur
Le Sourire d'Anton ou l'adieu au roman
Le Vent du diable

Yann Martel
Paul en Finlande

Julie Mazzieri
Le Discours sur la tombe de l'idiot

Stéfani Meunier
Ce n'est pas une façon de dire adieu

Marco Micone
Le Figuier enchanté

Christian Mistral
Sylvia au bout du rouleau ivre
Vacuum
Valium
Vamp
Vautour

Hélène Monette
Crimes et Chatouillements
Le Goudron et les Plumes
Unless

Lisa Moore
Février

Émile Nelligan
Poésies

Pierre Nepveu
Gaston Miron. La vie d'un homme

Daniel Poliquin
L'Écureuil noir
La Kermesse

Monique Proulx
Les Aurores montréales
Le cœur est un muscle involontaire
Homme invisible à la fenêtre

Yvon Rivard
Le Milieu du jour
L'Ombre et le Double
Le Siècle de Jeanne
Les Silences du corbeau

Gabrielle Roy
Alexandre Chenevert
Bonheur d'occasion
Ces enfants de ma vie
Cet été qui chantait
De quoi t'ennuies-tu, Éveline?
 suivi de Ély! Ély! Ély!
La Détresse et l'Enchantement
Fragiles Lumières de la terre
La Montagne secrète
La Petite Poule d'Eau
La Rivière sans repos
La Route d'Altamont
Rue Deschambault
Le Temps qui m'a manqué
Un jardin au bout du monde

Jacques Savoie
Les Portes tournantes
Une histoire de cœur

Mauricio Segura
Côte-des-Nègres

Alexandre Soublière
Charlotte before Christ

Gaétan Soucy
L'Acquittement
L'Immaculée Conception
La petite fille qui aimait trop les allumettes

Joseph-Charles Taché
Forestiers et Voyageurs

Miriam Toews
Drôle de tendresse

Lise Tremblay
La Sœur de Judith

Marie Uguay
Poèmes

France Vézina
Osther, le chat criblé d'étoiles

Guillaume Vigneault
Carnets de naufrage
Chercher le vent

MISE EN PAGES ET TYPOGRAPHIE :
LES ÉDITIONS DU BORÉAL

ACHEVÉ D'IMPRIMER EN AVRIL 2013
SUR LES PRESSES DE MARQUIS IMPRIMEUR
À MONTMAGNY (QUÉBEC).